走进中国战舰　致敬人民英雄

©中国海军航母编队(胡锴冰 摄)

走进中国战舰丛书

青 春 之 舰
临沂舰

孙伟帅　著

华东师范大学出版社
·上海·

图书在版编目(CIP)数据

青春之舰临沂舰 / 孙伟帅著. — 上海：华东师范大学出版社，2024
（走进中国战舰丛书）
ISBN 978-7-5760-4739-4

Ⅰ.①青… Ⅱ.①孙… Ⅲ.①纪实文学—中国—当代 Ⅳ.①I25
中国国家版本馆 CIP 数据核字（2024）第 012964 号

走进中国战舰丛书
青春之舰临沂舰

著　　者　孙伟帅
策划编辑　王　焰　曾　睿
责任编辑　曾　睿
责任校对　时东明
装帧设计　文　正

出版发行　华东师范大学出版社
社　　址　上海市中山北路3663号　邮编　200062
网　　址　www.ecnupress.com.cn
电　　话　021-60821666　　行政传真　021-62572105
客服电话　021-62865537　　门市（邮购）电话　021-62869887
地　　址　上海市中山北路3663号华东师范大学校内先锋路口
网　　店　http://hdsdcbs.tmall.com/

印 刷 者　青岛新华印刷有限公司
开　　本　710×1000毫米　1/16
印　　张　16.25
字　　数　177千字
版　　次　2024年4月第1版
印　　次　2024年4月第1次
书　　号　ISBN 978-7-5760-4739-4
定　　价　128.00元

出 版 人　王　焰

（如发现本版图书有印订质量问题，请寄回本社客服中心调换或电话021-62865537联系）

中国海军正青春

暮春白马庙,绿柳依依,烟雨蒙蒙。

脚步叠着脚步,一群朝气蓬勃的学子畅游其间,用好奇的目光向历史深处眺望,探寻着人民海军诞生的那段峥嵘岁月。

1949—2024。与共和国同龄,人民海军今年75岁了。

75岁,对于一个人来说,已过古稀之年。

75岁,对于一支海军来说,实在是"青春芳龄"。环顾世界,英国皇家海军成立470多年,美国海军成立220多年,而人民海军诞生仅仅75年。

往事并不如烟。站在75周年这样一个值得庆贺的时刻,我们将目光投向这段距离我们很近很近的历史,投向一艘艘中国战舰,人民海军成长的"青春足迹"每一步都如此清晰,令人热血沸腾。

75年前,在中华人民共和国即将成立的炮火硝烟中诞生的人民海军,其全部家当只有"几艘基本丧失战斗力的铁壳船和木船"。

75年后的今天,人民海军已昂首进入"航母时代"。

南中国海,战舰如虹,铁流澎湃,人民海军新时代的"靓照"惊艳世界。

75年,短短75年,人民海军搭乘共和国前进的"梦想巨轮",创造了令人惊叹的"中国速度"。

75岁,中国海军正青春。

这青春魅力,"秀"在世界关注的目光里;这青春担当,"刻"在驶向深蓝的航迹里;这青春朝气,洋溢在海军官兵自信的眉宇间。

航母辽宁舰,中华神盾海口舰,明星舰导弹护卫舰临沂舰,友谊使者和平方舟医院船……挺进深蓝,一艘艘中国战舰破浪前行,为祖国人民的安全利益护航,为中华民族伟大复兴的征程护航——

在索马里海盗劫持的危急时刻,中国战舰来了,获救船员们自发地打起了致谢语"祖国万岁";在也门战火纷飞、同胞生命危在旦夕的时刻,中国战舰来了,官兵们说"中国海军带你们回家"……

今天,站在历史与未来的交汇点上,中国战舰在深海大洋犁出的道道壮美航迹,不仅见证着中国海军75年的辉煌征程,也映照着中华民族向海图强的时代夙愿。

中国战舰,梦想之舰,热血之舰,青春之舰。

"以青春之我,创建青春之家庭,青春之国家,青春之民族……"

百年前,中国共产党先驱李大钊的振臂高呼响彻历史的回音壁。

"现在,青春是用来奋斗的;将来,青春是用来回忆的。"今天,这个声音回荡在神州大地上,激荡在所有海军官兵心里。

护航中国,人民海军的青春担当。

汽笛声声,海浪奔涌。让我们一起走进人民海军的传奇战舰,聆听中国战舰上年轻海军官兵们的成长与奋斗、光荣与梦想,感受人民海军肩负使命、驶向深蓝的时代脉动。

目　录

引　子　《红海行动》让人们记住了他——临沂舰 / 1

第一章　中国海军奉命接你们回家 / 9

第二章　导弹护卫舰的前世今生 / 51

第三章　舰名·舰魂——那些血肉相连的红色记忆 / 79

第四章　临沂舰的灿烂青春 / 101

第五章　首任舰长高克：海上猛张飞 / 139

第六章　临沂舰：两个家之间的距离 / 165

第七章　风雨彩虹，铿锵玫瑰 / 193

第八章　十年，再起航 / 219

尾　声　从临沂舰触摸海军战斗力快速成长脉动 / 243

》》 引子
《红海行动》让人们记住了他——临沂舰

电影《红海行动》热映,让中国海军成为全民焦点。对于很多观众来说,演员们的精彩演出固然值得称赞,但真正力挽狂澜的主角却是临沂舰和中国海军。

2011—2021,十年,临沂舰从初出茅庐的"懵懂少年"成长为劈波斩浪、激情四溢的"潇洒男儿"。

2011—2021,十年,中国发生了翻天覆地的变化。航行在中国新时代的画卷之中,临沂舰在上面留下了属于自己的波澜壮阔的航迹,这壮美航迹又恰是时代画卷中浓墨重彩的"大写意"。

引子 《红海行动》让人们记住了他——临沂舰

◎临沂舰海上英姿(代宗锋 摄)

咚咚咚——

一阵脚步声传来,李建伟一路小跑进了住舱。他在衣柜前站定,盯着挂在柜门上的日历,嘴角开始上扬。紧接着,李建伟抬起手,小心翼翼地将那一页撕了下来,打开对折的纸张,开心地对班长张连凯说:"嘿嘿!终于到家了!"

李建伟,北部战区海军某驱逐舰支队临沂舰的一名下士。

这一天,是2018年2月28日,农历正月十三。按照许多老人的

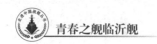

说法,没过正月十五,这年还不算完。但对于李建伟和他所在的临沂舰来说,这个年无疑充满了"战火硝烟味"。在刚刚过去的半个多月里,在神州大地阖家团圆的春节假期中,临沂舰圆满完成了所在支队春节批次的海上巡逻任务。

眼见着码头越来越近,李建伟难以抑制心中的激动。靠码头部署解除后,他赶紧掏出手机,心情就像此时的信号一样,满格!

"喂!爸,妈,我回来了!家里都好吧?祝你们春节快乐!"李建伟拨通了母亲的电话,乐呵呵地给父母拜了个"晚年"。

"都好都好,儿子什么时候能休假啊?"

"忙完这一阵儿,你们照顾好身体……"想说的话还有很多,但李建伟仍旧"狠心"地挂断电话,匆匆赶去与战友一同清洁舰艇。对于临沂舰上的每一名官兵来说,与家人通话的时间不在长短,只要能听到彼此的声音,知道彼此一切安好,便能让这群水兵与家人们的心连在一起,踏实下来。

对舰上很多年轻的、"网生一代"的官兵来说,船靠码头,是一句"漂泊的心终于安稳"的朋友圈,是三三两两刷着微博开始"恶补"出航期间落下的"梗",是工作结束之后坐在一起来上一局"大吉大利,今晚吃鸡"。

不过,这一次出航归来,临沂舰上的热门话题有了变化——

此时,全国大大小小的影院中,正热映着改编自也门撤侨的军事大片《红海行动》,电影中那艘以近防炮摧毁恐怖分子来袭导弹的中国海军战舰"临沂"号,正是以临沂舰为原型的。

电影《红海行动》热映,让中国海军成为全民焦点。对于很多观众来说，演员们的精彩演出固然值得称赞，但真正力挽狂澜的主角却是临沂舰和中国海军。

2011年，被很多军迷称为"航母元年"。那一年夏天，国防部新闻发言人正式对外宣布，中国海军正在将国外一艘废旧航母改建成为试验和训练平台。人们期待已久的所谓"中国航母"终于揭开它神秘的面纱。这是"辽宁舰"第一次正式出现在公众视野。

也是在那一年，临沂舰正式下水，舷号547。

时隔一年，2012年12月22日，中国海军的两件大事登上当天新闻热榜——一件是中国海军第十二批护航编队"益阳"号导弹护卫舰结束了对澳大利亚为期5天的友好访问，启程回国。另外一件，就是与"益阳"号导弹护卫舰同一型号的临沂舰，正式加入人民海军舰艇战斗序列。

2011—2021，十年，临沂舰从初出茅庐的"懵懂少年"成长为劈波斩浪、激情四溢的"潇洒男儿"。

2011—2021，十年，中国发生了翻天覆地的变化。航行在中国新时代的画卷之中，临沂舰在上面留下了属于自己的波澜壮阔的航迹，这壮美航迹又恰是时代画卷中浓墨重彩的"大写意"。

2021年，中国共产党成立100周年之际，这艘以革命老区"临沂"命名的军舰获得了这样一份殊荣——2021年6月，临沂舰被中共中央表彰为"全国先进基层党组织"。站在新的历史起点回望历史，我们会发现荣誉背后蕴含着的"必然性"——

临沂舰，入列仅3个月就完成导弹实射任务，8个月即完成全训合格考核。在此之后，又先后完成2名实习舰长考核。

◎临沂舰也门撤侨（熊利兵 摄）

如果将刚入列的临沂舰比作一位"职场萌新"，那么这位初来乍到的"萌新"，用这份在外人看来犹如"开挂"的成绩单就奠定了自己的"江湖地位"。

入列仅两年，临沂舰与潍坊舰、综合补给舰微山湖舰组成第19批护航编队，赴亚丁湾索马里海域执行护航任务。在221个日夜的连续奋战中，护航编队安全护送36批109艘次中外船舶，创造了首次直接靠泊交战区域港口实施撤离中外公民的国际救助行动、首次在地中海与俄罗斯海军进行联合军事演习等纪录。

在执行撤离也门中外公民任务中,临沂舰10天内3进也门战地,安全高效地护送163名中国同胞及13个国家269名公民至吉布提港。临沂舰女兵郭燕手牵小女孩的照片,成为撤侨任务中最让人心安也最让人振奋的永恒瞬间。

2011—2021,十年,临沂舰航迹遍布四大洲三大洋,靠泊10国12港,总航程20余万海里,两次光荣接受习主席检阅。这份骄人的成绩单,离不开临沂舰上一茬茬官兵的努力拼搏。但在这些官兵眼中,"自己很平凡,只是因为成为中国海军一员,才有机会航行于时代的壮丽波涛中"。

第一章
中国海军奉命接你们回家

"中国海军护航编队？祖国的军舰要来了！"一阵暖流涌上马冀忠心头。一瞬间，他仿佛又被拉回多年前乘坐法国军舰撤离也门的场景，但那种"寄人篱下"的感觉一下子荡然无存，随之而来的是一种被保护的安全感，被强大祖国、强大军队保护着的强烈的安全感！

同一时刻，中国海军第19批护航编队正驶向也门。临沂舰、潍坊舰、微山湖舰上的每一名官兵都已绷紧神经，心中只有一个信念："同胞！中国海军奉命接你们回家！"

第一章 中国海军奉命接你们回家

2021年7月7日,一条来自湖北省卫健委通报的消息在网上"炸开了锅"——

7月6日0时至24时,湖北省新增新冠病毒确诊病例25例、31例无症状感染者,均为境外输入,其中22例确诊病例和30例无症状感染者均来自7月2日阿富汗—武汉的MF8008航班。

的确,在过去的一年中,面对新冠疫情,英雄城市武汉以及万千武汉人民承受了太多。时隔一年多,一架入境航班带来的确诊病例着实让每个人又一次绷紧了神经。

但,剧情很快出现了"反转"——

外交部领事保护中心官方微博@领事直通车在同一天发布消息:鉴于阿富汗国内安全形势复杂严峻,为确保在阿中国公民安全,中国政府已提醒在阿中国公民尽早离境并提供必要协助。近期,自阿紧急回国人员中检测发现有确诊病例和无症状感染者。有关地方正严格按照防疫规定,对相关人员进行隔离观察,并对患者进行治疗。对于个别自愿留阿的中国公民,中国驻阿富汗使馆已协助有需要人员接种新冠疫苗,并将在职责范围内继续提供必要协助。

一个多月后,塔利班攻占阿富汗全境。当很多人担心身处阿富汗的中国公民的安危时,中国外交部发言人华春莹表示,大部分中国公民已经在中国驻阿富汗大使馆的帮助下先期回国。

这时,许多网友恍然大悟,想到了一个多月前那班带着几十名确诊病例回国的航班,大家在网上惊呼:原来,这是在撤侨!

这则被网友称为"最令人感动的反转新闻",让邓令令"破防",

记忆的潮水再一次澎湃在心头。

"看到撤侨这两个字就热泪盈眶。无论身在何方,不要怕,在你身后,有一个强大的祖国!"邓令令在网上写下了这样的留言。这个年轻的湖北女孩儿为何会有如此深切的感受?

这一切,都源自那一次举世瞩目的国家行动。

(一)

望着眼前的餐盘——红烧鱼、炒肉丝、青菜、包子,还有一碗热气腾腾的大米粥,邓令令握着筷子的手突然开始颤抖,鼻子一酸,泪水开始在眼眶里打转。

©也门亚丁港(胡善敏 摄)

第一章　中国海军奉命接你们回家

这是三天来邓令令吃到的第一口热乎饭。回想过去72小时的经历,邓令令像是做了一场电影大片似的梦。她,以及此刻坐在周围互不相识的同胞们,刚刚从战火中逃离,"那感觉大概就是'劫后余生'"。

这一天,是2015年3月29日。

一年前,胡塞武装组织夺取了也门首都萨那,相对稳定了3年的也门局势再一次被打破。3月,也门总统哈迪逃亡到沙特阿拉伯,由沙特阿拉伯和埃及、约旦、苏丹等国组成的中东十国联军,在3月26日对也门发起"果断风暴"军事行动,打击胡塞武装组织。由此,也门战局进入了白热化阶段,全世界的目光紧紧锁定在也门这块土地上。

"2015年初打得太厉害了。战乱国家的使领馆都会很早做好预案,26日沙特开始空袭,27日外交部就决定要撤侨。"从也门撤出后,马冀忠这样告诉媒体。

马冀忠,时任中国驻亚丁总领馆领事。撤侨这件事,于他而言并不陌生。

1986年,马冀忠高中毕业,因为成绩优异,被公派到苏丹学习。1992年,马冀忠被中建宁夏分公司外经贸下属的中国成套设备总公司借调,来到也门机械设备管理维修站当翻译。两年后,也门爆发内战。

马冀忠望着窗外灰黄色的天空,心中打鼓。身旁,此起彼伏的电话声震颤着耳膜。电话两端,连接着他们从战火中撤离的全部希望——援外技术人员、医疗队队员、使馆人员等500多人的希望,

以及身在中国焦急盼望他们安全回家的家人的希望。

"机场炸毁了?"电话那头传来坏消息,萨那机场和亚丁机场都已经被炸毁。怎么撤离?一丝愁绪又爬上了马冀忠的眉头。

就在所有人焦急万分的时刻,电话那头又一次传来消息:大使馆联系到了中国水产公司,他们在接到国务院指令后,派出正在亚丁湾附近海域的"海丰301"冷藏运输船撤侨。

那一次撤侨的经历至今留在很多人的记忆中,被暴晒的甲板、狭窄的通道和住舱、充满鱼腥味的仓库,凡是能待人的地方都挤满了人。"海丰301"甚至将捕上来的鱼全都倒回海里,清理了鱼舱,让工人住了进去。尽管天气炎热,但每个人的脸上似乎都没有焦躁的情绪,大家觉得,无论怎样,踏上祖国的渔船就好,这意味着,安全。

马冀忠并没有在"海丰301"船上,他是随其余60多位同胞乘坐法国的一艘军舰撤离的。

这是马冀忠经历的第一次撤侨。没想到,时隔21年,已成为驻外领事的他将又一次经历撤侨。

撤离前夜,马冀忠和妻子李红梅把床垫抬到了卫生间。看着妻子憔悴的面容,马冀忠满是心疼。这些天,他们总是被窗外的炮火和枪声惊醒,几乎每一天都会收到某地爆炸伤亡的信息。李红梅在心中暗暗计算着那些地方距离中国大使馆的距离,有一次自杀式袭击,发生在距离使馆仅几百米的地方,使馆所有玻璃随着巨大的爆炸声碎落一地,石膏吊顶也被震落下来。李红梅克服恐惧,以一种女性独有的坚韧力量陪伴着丈夫,完成着使馆的工作。

"你要做好撤离的准备。"

"我?你难道不一起走吗?"

"没有接到命令,我不能走。"

"你不走,我也不走,我要陪你。"

"我们都要服从组织安排。我是负责人,我必须坚守到最后一刻。"

直到现在,想起那一晚夫妻间的简短对话,李红梅的心仍在隐隐作痛。

(二)

"轰——"

一声巨响后,电话那头没了动静。

"喂!马领事!马冀忠!"电话这头,外交部领事司郭少春焦急地呼喊着马冀忠的名字,拳头死死地顶着桌子。

十多秒后,电话另一边终于传来马冀忠的声音:"没事,刚刚这附近有爆炸,把我手机震掉了。没事没事,咱们接着说。"

此时,中国北京和也门萨那,完全是两片不同的天地——北京,即便是深夜,仍有川流不息的车辆,仍有纵情高歌的人群;也门,炮火染红天空,百姓流离失所,疾驰而来的车辆总能引发人们对生与死的恐慌。

听到"咱们接着说",郭少春紧握的拳头渐渐放松,声音里又多了几分哽咽。3月27日凌晨,马冀忠和仍在领事馆的同事接到外交部通知,由马冀忠负责此次撤侨的全部组织和联络工作,除马冀忠和经商室负责人胡海留守外,总领事馆其他人员及总领事馆领区的中资机构、亚丁医疗队和中国公民全部撤离,将由正在亚丁湾执行护航任务的中国海军护航编队分别在亚丁港和荷台达港执行撤侨任务。

"中国海军护航编队?祖国的军舰要来了!"一阵暖流涌上马冀忠心头。一瞬间,他仿佛又被拉回多年前乘坐法国军舰撤离也门的场景,但那种"寄人篱下"的感觉一下子荡然无存,随之而来的是一种被保护的安全感,被强大祖国、强大军队保护着的强烈的安全感!

同一时刻,中国海军第19批护航编队正驶向也门。临沂舰、潍坊舰、微山湖舰上的每一名官兵都已绷紧神经,心中只有一个信念:"同胞!中国海军奉命接你们回家!"

◎ 中国海军护航编队(胡善敏 摄)

（三）

望远镜的圆形视野内，一艘油船正航行在临沂舰的右前方。这是一艘印度籍的油船，不久前临时申请了中国海军伴随护航。

"这样的单独护送，算得上是'贵宾'待遇了吧！"姜国平一边透过望远镜注视着海面，一边开玩笑地说。姜国平是此次护航编队的指挥员，驾驶室是他最常去的地方。

"是啊，现在申请护送的船只越来越少了，好事。"站在一旁的编队政委夏平接过话头。

此时的他们并不知道，就在今天——2015年3月26日，他们将接到一项光荣而艰巨的任务。

晚饭后，临沂舰的飞行后甲板上热闹起来。忙活了一天，不少舰员都趁着这一会儿的空档时间，在甲板上散步锻炼。远远望去，橘红的晚霞中一片清爽的海军衫随着大海的波涛起伏晃动，煞是好看。

姜国平和夏平也加入了官兵们的行列，边走边讨论着下一次演习科目。忽然，一位作战参谋急匆匆跑到后甲板，在人群之中找到姜国平和夏平。耳语几句后，两人的表情从轻松变得严肃，紧接着，一转身走进船舱。

会议室内，坐满了人。夏平扫了一眼，用深沉的嗓音说："同志们，现在传达刚刚收到的电报通知。根据军委联指值班室通知精神，我国政府已决定从也门撤侨，我第19批护航编队立即组织位于

◎奔赴亚丁湾的中国海军临沂舰（蓝明磊 摄）

亚丁湾执行护航任务的临沂舰、潍坊舰和微山湖舰向也门亚丁港海域机动，不进也门领海，并研究撤侨行动预案，做好相关准备工作，听令组织撤侨行动。目前，编队要妥善安排正在接受护航的印度船舶，建议其沿国际安全走廊航行或参加其他国家护航编队。下一步执行撤侨任务时，一是要做好侨民登船及随船的安置工作，确保其安全；二是要在我驻也门使领馆的领导指挥下展开相关工作；三是要做好媒体的应对工作，按有关规定统一组织宣传报道；四是要适时通报我近期取消护航班期情况；五是要加强观察预警和相关情况掌握,做好自身安全工作,确保圆满完成任务。"

夏平话音未落,会议室的气氛随即发生了变化。对于在场的每个人来说,撤侨是他们军旅生涯中从未经历过的事情。其实,何止是对于这些海军官兵,对于中国,这也是第一次派出军队武装撤侨,其重大意义可想而知。

(四)

夜色深沉,大洋上,两条船驶向两个不同的方向。"Thank you!"无线电波中,传来了印度"德什普仁"号商船船员的声音,那一声感谢,意味着临沂舰对它的护航正式结束。驾驶室内,舰员们松了一口气。瞭望哨上的士兵放下望远镜,用力揬了揬眼睛。

突然,急促的铃声响了起来。

"没听说今天有拉动啊?""这有啥奇怪的,这也不是头一回这个时间搞训练呢!""嘿!看我今天给你们来个满堂彩!"水兵餐厅里很快坐满了人,大家你一言我一语猜测着接下来可能的"演习任务"。

"同志们,现在传达上级关于赴也门执行撤侨任务的预先号令。"临沂舰政委高景新环视着和他共战风浪的水兵们,语气铿锵有力。

就在那一瞬间,站在台上的高景新看到了水兵们眼神中燃起的亮光,他能深刻感受到他这一句简单话语形成的巨大推力,犹如战机起飞时巨大的推背感,点燃了在座每个人心中的那团火焰。

"接下来,我们有很多工作要做,各部门要保持密切配合。"临沂舰舰长高克也感受到了一股力量,接着高景新的话开始部署任务。的确,无论是高景新、高克,还是在座的普通水兵乃至临沂舰,抑或整个护航编队,撤侨任务是第一回,未知的东西太多太多,其中自然也包含着未知的风险。

"周副长!""到!""我们目前还不知道要靠哪个码头,所以,亚丁、荷台达、穆卡拉、吉布提,还有马萨瓦,这几个进出港的预案都要做!如果资料不全,就向国内请求支援。一切,要做最困难但最周到的准备!"

"张副长!""到!""也门现在处于战时状态,我们要全力确保我们自身安全,武器、雷达、光电要随时待命!"

"高副政委!""到!""一旦我们靠了码头,安全方面的事情由你负责。上舰人员的身份核验、人员和行李的安检,你都要考虑。"

"纪副长!""到!""同胞们上舰之后的事情就交给你了。怎么吃,怎么住,怎么保证大家的安全,你要做好充分的准备!"

从夜幕深沉到天光微亮,那一晚,一张张草稿、一个个想法,在临沂舰的各个舱室中,变成了一份份方案、一叠叠任务书。

启明星忽闪忽闪挂在天空。高克看看手表,凌晨4点半。此刻,忙碌了一夜的临沂舰已经抵达距离也门领海线6海里处随时待命。一天后,护航编队收到撤侨任务的明确时间、地点——临沂舰,靠也门亚丁港,撤离约122名中国公民;潍坊舰、微山湖舰,靠荷台达港,撤离约450名中国公民。撤离后,三艘舰将护送同胞到吉布提。

如今提到吉布提,对军事熟悉的人都知道,那是中国人民解放军首个海外基地。2017年7月11日,距离也门撤侨两年多后,吉布提保障基地正式成立。同时,赴亚丁湾索马里海域的海军护航编队,以及赴非洲执行维和任务的人员,吉布提保障基地都可以提供后勤保障服务。

位于东非的吉布提,每年4月至10月高温近50℃,湿度达80%,有"沸腾的蒸锅"之称。保障基地建设之初,无经验可循,无先例借鉴。针对这一实际,基地通过探索总结规律、积累固化有益经验,研究制订《加强基层建设具体措施》,并相继出台涵盖各领域的70多项规章制度、60多项标准作业程序,部队运行越来越规范。为解决后勤补给难题,基地党委探索自我保障与支援保障、国内保障与当地保障、军队保障与社会化保障相结合的路子,畅通了各种物资投送渠道,已初步具备物资筹措、油水电供给、医疗救治防疫等能力,执行任务有了较为可靠的保障支撑。

走出国门,官兵一言一行都代表着我军形象。基地组织官兵学习国际法和驻地法律法规,鼓励官兵学习外语,并开办法语班、组织英语角。一系列学习和实践活动的开展,使官兵开阔了视野、增长了见识,在外出执行任务、参加外事活动中更加得心应手。基地先后成功与意大利、西班牙等多国驻军开展了联合医疗演练,增进了交流各方的互信互利,检验了区域内人道主义联合救援的能力。基地多次在驻地开展公益助学、医疗服务等活动。2020年1月,为了感谢基地对吉布提医疗卫生领域的贡献,经吉布提总统盖莱批准,基地10名医护人员获得"独立日勋章"。

（五）

就在临沂舰接到撤侨任务的同一时刻,湖北女孩邓令令和同事们正穿行在也门的战火中。媒体形容当时的亚丁,就像坐在一个火药桶上,几乎每一条巷子都在发生战斗,国际红十字会驻亚丁主管古什当时曾对媒体这样描述——"亚丁港已变成一座'鬼城'"。

一天一夜,邓令令的心一直都悬在嗓子眼儿。她和同事们是从也门南部省份阿比扬一家中国援建的水泥厂撤离出来的,一路颠簸,终于在3月29日来到了亚丁港。

撤离路上的景象,让这个从小生长在和平环境中的中国女生无法置信,她第一次见识到了战争的残酷。之前,她常常会到亚丁出差,这座有着3000多年历史的城市总在不经意间展现出历史的神秘之处。无论是也门首都萨那,还是港口城市亚丁,总给人"一千零一夜"童话故事的既视感。可如今,遭遇空袭的萨那,巷战不断的亚丁,处处只有滚滚浓烟和燃烧的碎片,处处是荷枪实弹的各派武装和关紧家门担惊受怕的平民。

邓令令咬紧嘴唇,皱紧眉头,她努力让自己平静,让自己不被远处传来的枪炮声吓到,她只想快一点抵达港口,不管用什么方式,离开就好,安全就好。

此刻的临沂舰上,高景新正和炊事班班长许文武在一起。

许文武挠挠头,说:"政委,现在咱们只有土豆南瓜了,水果和蔬菜早都见了底儿。您也知道,咱们本来就要去吉布提补给的,眼看着离靠吉布提的4月1日没几天了呀！不过，我这儿倒还存了点儿青椒，总算是个绿色蔬菜！"

高景新摸着下巴，沉思了一下，说："八菜一汤，要按八菜一汤准备。"

"啥？八菜一汤？政委，您这不是难为我吗！"许文武急了。

"这可是上级赋予我们的任务，必须得完成！"高景新故意提高了嗓门说。随后，他站了起来，轻轻拍拍许文武的肩膀："别人我不知道，你，我可太了解了，你肯定有办法。来，咱们一起合计合计！"

◎也门亚丁（胡善敏　摄）

"青椒丝炒土豆丝、红烧牛肉、酸菜粉条……再来个木须肉?"许文武掰着指头一个菜一个菜仔细盘算,"这也还差着一半呢!"

"别急,再想想!还可以来个紫菜蛋花汤!主食的花样多一些,馒头、面条、饺子!"高景新说,"还有,从今天午饭开始,咱们船上的伙食也要变一变,五菜一汤改成两菜一汤。"

许文武用力点点头。高景新说:"相信大家会理解,不会找你这个炊事班长的麻烦!"

一边是劈波斩浪全速前进的临沂舰,一边是穿行于战火的撤离队伍,两边都在朝着同一个方向开进:亚丁港。

"咚——"远处,一声炮火让等候在码头的邓令令和同事们心惊肉跳。大家忍不住回头,望着远处升腾起的浓烟。队伍很安静,没有人再会对这突然的炸响感到意外。但偶尔,人们内心也会发出悸动——那一定是有船只驶过,每个人都望眼欲穿地眺望着海面。

(六)

"滴答、滴答……"时钟的秒针发出的小小声响,如同一声声鼓点打在临沂舰每一名舰员的心上。

一艘小艇朝着临沂舰右舷驶来。一名有着深眼窝的男子顺着舰员放下的软梯爬上了甲板。他是也门人,这次他将作为引水员为临沂舰引水。当舰长高克与他交流完基本事项后,这名男子提出了疑问:"你们为什么没有悬挂也门国旗?"

的确，按照国际惯例，进入别国港口要悬挂该国国旗。就在前一天晚上，编队指挥组为悬挂国旗的事也讨论许久，最终，编队指挥员决定，为防止遭到误伤，悬挂五星红旗进也门港！

马甜甜，一位甜甜的90后女兵，临沂舰的一名瞭望兵。在她的望远镜中，看到过最美的朝霞和晚霞，看到过成群结队追逐军舰的海豚，但是此刻，她看到此生最令她激动、最让她难忘的画面——岸上的人们排着队，那是和她一样有着黄皮肤、黑眼睛的中国同胞！他们或背或提着行李，但有一只手中一定晃动着一面鲜艳的小旗帜：五星红旗！马甜甜抑制不住内心的激动，眼角湿润。

"船！快看，好大一艘船过来了！"等候的人群中突然有人喊了起来。

"是来接我们的吗？"身边的人大声问道。

"不！不是普通的船！是军舰！你们看，五星红旗！"

寂静的人群沸腾了。

邓令令的眼眶一瞬间红了："我不是在做梦吧！这是在拍电影吗！"包括她在内的所有人都没有想到，这次来接他们回家的竟然是一艘悬挂着五星红旗的军舰！马冀中的脸上也难掩激动的神色，为了保密，他们在与中资企业、援外医疗队联系时，都没有透露过是中国海军军舰参与撤侨。现在，聚集在港口的侨民都收到了这份充满了安全感的"惊喜"。

邓令令曾在电视新闻里看到过军舰威武的样子，但从未想过有一天自己会和军舰有交集。现在，她不仅亲眼看到了祖国的军舰，她还将乘坐军舰离开纷飞的战火。

◎中国华侨们在码头挥舞着国旗激动地等候临沂舰的到来（熊利兵 摄）

等候的队伍中，一位来自河南的小伙子一直挥动着手中的小国旗，眼眶中满含着热泪，那是激动的泪水；两位留学生报以最大声的尖叫，"我不会是在做梦吧！""你快掐我一下！"那是喜悦的尖叫；援外医疗队的一位女医生已经几天没有睡过踏实觉，"心始终悬着"，此刻，看到祖国的军舰，她"几乎要幸福得晕过去"……

历史的镜头扫过每个人的脸庞，虽然无法记录下他们每个人的名字，却定格下了他们此刻的表情，那是被祖国军舰保护的幸福感，那是被祖国紧紧护在身后的踏实感！安全了！看到祖国的军舰，满满的安全感充盈着每个人的心房。

第一章 中国海军奉命接你们回家

"搭舷梯!"高克铿锵有力的声音仿佛传遍了临沂舰的每个角落,也传遍了等候在岸上的人群,队伍又一次沸腾了。

舷梯刚一触码头,10名特战队员和10名临沂舰舰员便迅速冲下船,他们全副武装,用最快的速度设立警戒区,拉起警戒线,并立上标语牌:"Chinese Navy Security Area.Keep Clear!"中文意思是:"这是中国海军的安全区域,请勿靠近。"就这样,等候在岸上的124名撤离人员被保护在安全区域内。

特战队员周福东身着黑色特战服,在阳光的照耀下,脸上的皮肤更显黝黑,更增添了几分硬汉气质。他带着3名队员站在警戒线外围,把守着进入安全区域的唯一通道。即使戴着墨镜,依旧能感受到他们如鹰隼般的锐利眼神。

◎全副武装的海军"蛟龙突击队"进行安全警戒(熊利兵　摄)

周福东和战友们的机警是有原因的。就在刚刚临沂舰即将进入亚丁港时,一艘武装小艇突然高速驶来。周福东迅速调整姿态,枪口也瞄准了小艇的驾驶室。小艇一点点靠近,周福东扣在扳机上的手指也在一点点调整着下压的状态。300米、200米、100米!周福东在心里默默计算着小艇距离临沂舰的距离,就在这时,小艇突然掉头了。

"他们一定是看到了这是中国的军舰,看到了中国的国旗。"周福东心里暗暗自豪。

(七)

对于随舰记者熊利兵来说,眼前的一幕幕,他想要通过镜头全部记录下来。同胞们脸上洋溢的笑容,舰员们伸出的温暖的双手;远处的战火纷飞,眼前的井然有序。他忙碌着,奔跑穿行于人群中。

这时,一个温馨的画面出现在熊利兵眼前——一名临沂舰女兵牵着一个小姑娘的手,自信从容、满眼笑意地走向舷梯。熊利兵端起相机,"咔嚓",将这一幕定格成了2015年也门撤侨中最经典的一幕。

"跟紧啊!"王莹莹和丈夫李佳栋一边拖着大大的行李箱,一边牵着女儿李禹霏。

王莹莹是也门总领事馆经商室的工作人员,也是第一批124名撤离人员中的一员。他们一家已经几天没睡好觉了,5岁的小禹霏天天跟着父母"蜗居"在房间的角落里,听着屋外的枪声、爆炸声,小禹霏奶声奶气地跟妈妈说:"我知道了!要是房子塌了,这个小角落还能有活动的空间!"

听到女儿这样说,王莹莹一阵心酸。丈夫本是带着女儿到异国他乡与她团聚,没想到却经历了这样的战乱,而女儿非但没有哭闹,还如此懂事地与他们交谈。得知他们即将撤离也门,王莹莹是扳着手指度过了这几天。她害怕,害怕就在这几天会有意外来临。

3月28日凌晨,也就是撤离的前一天,王莹莹又一次被枪炮声吵醒。就在前一天,机场附近发生了交火,到中午,安全局附近的弹药库又发生了爆炸,王莹莹清楚地感觉到,整座总领事馆都在晃动。到了晚上,交火没有丝毫暂停的迹象,枪声反而愈发密集,街道上甚至出现了装甲车。

王莹莹轻轻抚摸着小禹霏说:"别怕,别怕……"

小禹霏知道打仗了,可是她并不明白打仗意味着什么,她望着妈妈轻声回答:"我不怕,这就像是……过年时候放的鞭炮一样!"

外面的夜空时不时会被炮弹照亮,王莹莹看看时间,8点了。此时此刻,临沂舰还在公海上待命,进入亚丁港的许可证还在办理。王莹莹有些焦虑,当地政府机构基本处于瘫痪的状态,这样的情况下要办理进出港许可证得多困难?环视一周,总领事馆的同事们都在忙碌着,收集撤离人员信息、清点领事馆物资,还有人在继续与身处战火之中的同胞打着电话。

一夜无眠。

2015年3月29日,所有准备撤离的人员在亚丁总领事馆会合完毕,准备工作就绪。

这是许多人第一次坐上防弹车。尽管有当地军警在前方开道,但3公里的路程还是走了许久。小禹霏用好奇的目光打量着车窗外的人和事,这里看不到爸爸妈妈带着和她一样大的小朋友去上学,也看不到和她一样大的小朋友三三两两在路边玩耍,只能看到一些穿着不同衣服、背着枪的大兵,以及冒着浓烟的建筑和损毁的车辆……

焦急的等待,喜悦的泪水,都在见到临沂舰那一刻化成一句话:"祖国万岁!"这一刻,他们终于安全了。

看到一家三口走得有些吃力,正在执行安检任务的女兵郭燕,马上迎了上去。郭燕自然而然地伸出手,走在妈妈身边的李禹霏像是看到了邻居家的大姐姐,没有一点犹豫,将手递给了郭燕。就这样,一张大手牵小手的撤侨照片迅速刷屏。

直到现在,提起海军临沂舰,大多数人一定会想到令人热血沸腾的电影《红海行动》,以及当时刷屏的那张"牵手照"。

"咔嚓",这一幕定格成为2015年也门撤侨中最经典的一幕。两年后,这张经典照片又在"砥砺奋进的五年"大型成就展上展出,那时,作为党的十九大代表的郭燕站在展览现场,眼睛笑成了一条线。

郭燕没有想到,因为那张"网红照",自己成为中国海军的"代言人"。"站在自己的照片前,对于国家和军队取得的辉煌成就,心里顿时涌起一股前所未有的参与感和成就感。"

◎临沂舰女兵郭燕牵手小女孩李禹霏（熊利兵　摄）

郭燕其实很普通,她和许许多多中国军人一样,在自己的战位上尽职尽责,默默无闻。她说,这份荣耀是国家给予的,每当站在军舰上、站在国旗下,就会觉得自己无比强大,那种强烈的自豪感会不自觉地洋溢在眉眼之间。

2015年也门撤侨任务,已成为郭燕人生中最宝贵而难忘的记忆。面对镜头,郭燕绘声绘色地讲起当时的情景——

那是2015年3月26日傍晚,亚丁湾像往常一样平静,夕阳在海面上洒下一抹金色的余晖。正在亚丁湾海域执行护航任务的我们,突然接到上级命令:"暂停护航任务,立即向也门外海高速机动,听令执行撤运我国公民任务!"

舰艇调转航舵,全速驶向亚丁港。此时也门战乱已持续一周,车站机场全都关闭,与外界通信几近中断,港口成为侨民撤离的唯一选择。作为舰上为数不多的女兵,我主动请缨加入安检队,站在离同胞最近也是离战场最近的地方。

一想到自己要走进战场,我心中既兴奋又紧张。兴奋的是将要执行这么光荣而重要的任务;紧张的是第一次亲历战火,我能不能圆满完成上级交给我的任务?那一晚,我辗转反侧难以入眠,一遍遍在脑海中演练安检流程,模拟突发状况的应急处置……

3月29日中午,我舰驶入也门领海。此时,战火已经蔓延至港外,附近硝烟四起,到处是枪炮声、爆炸声。数架沙特的飞机在空中盘旋,胡赛武装的快艇在海面上高速穿梭。全舰所有武器系统都处于战斗状态,特战队的战友们将子弹一发发压入弹夹,机枪手、狙击手各就各位,随时准备应对突发情况。

◎中国同胞看到祖国的军舰激动不已(熊利兵　摄)

在码头焦急等待的同胞们见到祖国的军舰驶入码头,立刻爆发出一阵欢呼声,人们挥舞着五星红旗,高喊"祖国万岁,共产党万岁"。我舰靠岸后,荷枪实弹的特战队员们迅速冲下舷梯,对码头实施封锁,将待撤离人员紧紧护在身后。

这一幕让我深受鼓舞,同时也意识到自己肩负的责任。我知道,我的任务就要开始了。我不断地给自己打气说:"不能给临沂舰丢人,不能给中国海军丢人!"

时间就是生命,晚一分钟撤离,就多一分危险。分组、登记、安检……在密集的枪炮声中,我们仔细而迅速地核对124名中外公民个人信息,挥动安检仪对180余件行李严格检查。

一个都不能少,一件都不能错,一件都不能损。我们的安检工作既要迅速高效,又要细致入微。检查中,战友朱泽东发现一本护照号码与使馆事先通报的号码不一致。登记的尾号是2,而这一本的尾号是1。为了确认身份,他立即与使馆工作人员联系,核对人员姓名、照片等信息。尽管远处的爆炸声此起彼伏,但直到确认这位公民的身份,朱泽东才予以放行。

◎临沂舰舰员们做好细致的安检工作(熊利兵　摄)

39分钟后,待撤离人员全部登舰,军舰缓缓驶离码头时,一位同胞高声歌唱:"五星红旗,你是我的骄傲;五星红旗,我为你自豪……"我也情不自禁地跟着哼了起来,眼泪伴着歌声夺眶而出。

在执行任务期间,战友拍下了那张走红网络的"牵手小女孩"的照片。当时,小女孩一手攥着矿泉水瓶,一手举着小国旗,孤零零地向前跑。可能是因为追赶大人的脚步跑得太着急,被地上的缆绳绊了个趔趄。我赶紧跑上前,用手背抹去她额头上的汗水,问她有没有摔疼。我拉起她的手,将她送到军舰上。她转过身对我敬了一个不怎么标准的军礼,说:长大后,她也要当海军。我的眼眶湿润了,我感觉自己能为国家为人民做点什么,再苦再累都值得。

任务不同,有些人冲在前线,有些人则在幕后默默付出。当时,为了保障侨民就餐,炊事班长带领同志们连续奋战9个小时,光土豆丝就切了300多斤。为了让同胞们睡个好觉,大家主动将床铺让出来。一位白发苍苍的老人在离舰时,对官兵们竖起大拇指说道:"人民子弟兵是好样的!"

后来有人问我:"你一个女孩子,干嘛要上前线?"

我当时的回答是:"战场上没有男人和女人,只有军人!"既然穿上了这身军装,就永远不能退缩,因为我们的背后就是祖国。

临沂舰时任政委高景新在后来一次与大学生交流时,这样形容这一幕:"从照片看,小女孩一脸幸福,手里拿着一瓶崂山矿泉水。在青岛,我们都叫'小红矿',领着她的郭燕也是一脸从容。如果换上背景,她们好像漫步在祖国安宁静谧的海滩上,就像出门旅游的姐妹俩。其实,就在她们身边,正经历着一幕幕的惊心动魄!"

中国海军在战火中担起了中国责任,创造了中国速度!这背后是每一名官兵的血性与担当,更是强大祖国提供的坚强后盾。

有这样一个不为人知的细节,直到现在还印刻在高景新的脑海中——

3月29日,执行首次撤侨任务的当天,同行撤侨的还有印度军舰。但与中国军舰不同的是,印度军舰干脆没有进港,而是在港外抛锚,靠雇用当地渔船摆渡侨民,到港外登舰换乘军舰撤离。

可是,他们很快发现,因为没有舰艇做后盾,渔船送来的都是其他国家的难民,印度侨民根本上不了船!

◎在临沂舰舰员们的守护下,所有人员全部安全登舰(熊利兵 摄)

面对危局,中国海军想到的是,哪怕上刀山下火海,也必须完成上级赋予的任务,也必须把同胞一个不少地接回来!为此,在护航编队指挥所的直接指挥下,临沂舰全舰第一号手全部上更,高景新则在码头第一线,登记组、安检组、接待组、行李组、后勤组紧密配合。39分钟,全部122名同胞,以及2名外籍专家都安全登舰,舰艇也顺利撤离。

(八)

"我们不允许喝酒,我以饮料代酒,敬各位同胞!你们受惊了,欢迎登上临沂舰,欢迎回家!"水兵餐厅内,临沂舰政委高景新正在致欢迎辞,他还清楚地记得几天前,也是在这里,他和高克一起做战前动员。当时,台下坐的是准备接同胞回家的官兵。现在,台下坐的是被官兵们接回家的同胞!

"干杯!"大家一起举起了杯。

晚餐开始。令所有人没想到的是,舰上饭菜竟然准备得如此丰盛,八菜一汤,光主食就有四五样。不仅如此,炊事班还为64名回族和维吾尔族同胞专门准备了清真饭菜。

接过炊事班战士递来的餐盘,一位年轻小伙子红了眼眶。这是一位来自华为公司的技术人员,自从也门发生战乱,商店全部关门。为了安全,他们也不敢冒险出去,只能靠着之前囤的面条、罐头维持。"你们不来,我们真的不知道该怎么办了!"小伙子激动地说。

"到家了,多吃点儿!管够!"炊事班的小战士笑着说。

"嗬!这是我第一次上军舰,感觉好像回家了一样!"一位中年男子边吃边说。

"你这话不对啊!啥叫'好像'!刚才人家高政委都说了,这就是回家!祖国的军舰就是咱在海外的家!"一句地道的东北话,把周围的人都逗乐了。说话的是43岁的徐忠群,两年前,他从老家牡丹江来到也门的阿比让水泥厂工作,本想"买张机票回家,现在直接升舱了"!

5岁的李禹霏成了临沂舰上最小的乘客,从一上舰就成了"团宠",女兵们收在柜子里的玩具、平时自己都舍不得吃的零食,全都给了这位小乘客。出乎所有人的意料,李禹霏突然放下手里的玩具和零食,大大方方地向这些身着迷彩的海军哥哥姐姐敬了一个不太标准的军礼,还大声地说:"长大后,我也要当海军!"

当牵着李禹霏上舰的郭燕在餐厅又一次碰到她时,郭燕问:"好吃吗?"李禹霏开心地说:"比我妈妈做的好吃!"

直到所有同胞吃完饭,临沂舰的舰员们才陆续来到了餐厅。这时,大家才发现,舰员们吃的和同胞们吃的完全不一样。别说八菜一汤,就连个像样的菜都没有。他们吃的,是肉罐头和南瓜、馒头。而大家不知道的是,这样的伙食,舰员们已经吃了3天。即便如此,舰员们也从未抱怨过一句。后来,有人问过高景新怎么看这件事,高景新笑笑说:"在那种情况下,我们舰上官兵的想法其实特别简单,就是自己吃得省一点,让同胞吃得好一点。这本来就是我们这支人民军队的本色。所以,我也感觉我们很幸运,因为我们就是这支光荣队伍的一员。"

细心的官兵不仅把吃的喝的留给了同胞,自从这124名同胞上了舰,他们的小情绪也都在临沂舰官兵们的眼里和心里。

编队指挥员发现,几乎每个人的脸上都洋溢着笑容,唯独一位中年女士心事重重。一问才知道,这位女士是李红梅,撤离前夜,她和丈夫马冀忠一起躲在总领事馆的一个卫生间里。丈夫马冀忠还要继续留守也门,就在码头送别时,马冀忠也是忙前忙后核对撤离人员名单,夫妻俩连一句再见都没来得及说。而撤离的这一天,刚好是二人的结婚纪念日。

编队指挥员了解情况后,宽慰李红梅说:"您放心,祖国绝对不会忘记任何一位公民。您爱人因为工作暂时留在那里,他很勇敢,很值得我们敬佩,但肯定这也是暂时的。只要祖国一声令下,我们一定再去也门,把他接回家!"

当大家陆陆续续用餐完毕,舰上的广播传来这样的消息,为了避免在国内的亲人担心着急,临沂舰在水兵餐厅开设了"亲情电话",大家可以免费使用,给家里报平安!

"太周到了!"

"是啊,你看我这手机是一点信号都没有,居然还能打电话!"

"我突然好紧张,我怕听到爸爸妈妈声音会哭……"

排队打电话的人们你一言我一语地聊着。此刻的他们,再也不用担心会有突然爆炸的炮弹,再也不用担心睡觉时会被刺耳的枪炮声吓醒,再也不用担心明天是否能吃得上一顿饱饭,再也不用担心家里人该是如何焦急。

援外医疗队的医生刘佳清反复在电话里跟母亲解释自己已经在祖国的军舰上,可是电话那头的母亲就是不相信。她太了解女儿,从来都是报喜不报忧。刘佳清有些哭笑不得,请了一旁的同事帮忙解释。老人家听完同事的话,在电话那头高兴地说:"信了,信了!这回我放心了!"

另外一部电话机旁,一位小伙子正在自豪地讲述着这一天的经历。电话那头是他的父亲——一名退役的"老海军"。小时候,他总在父亲服役的军港码头玩耍,见过军舰,也上过军舰,可这一回的经历如此不同。相隔万里,电话那头的父亲骄傲地说:"儿子,替我向这些年轻的战友们敬个礼!"

(九)

夜深了。

热闹的临沂舰渐渐安静了下来。经历了战火的同胞们,终于可以在祖国的军舰上安然入睡。

徐忠群轻手轻脚地从铺上起来,准备去卫生间。一出门,他就被眼前的景象震撼了:狭窄的过道里,临沂舰舰员们倚靠着墙板和衣而眠。

这场景,一如当年上海市民推开家门,看到南京路上整齐睡着的解放军战士!

1949年,解放上海的战役中,最先冲到市中心南京路的是中国人民解放军第20军60师178团第一营。

现在提起第20军,很多人想到的一定是那场卫国之战——抗美援朝。1950年10月,第20军随第九兵团一起编入中国人民志愿军。到达东北后,还穿着单衣单鞋的将士们在天寒地冻的11月跨过鸭绿江,首战便是长津湖。

第20军60师178团第一营可谓战功赫赫、骁勇善战,漱浦、泰安、鲁南、孟良崮、豫东、淮海、渡江等战役都有他们的身影。鲜为人知的是,第20军是上海籍战士最多的一支部队。

1949年5月25日凌晨,有人在南京路、浙江路口的永安公司看见了席地而坐的部队。很快,上海地下党的同志和解放军取得了联系。时任第20军60师178团教导营政治干事的李文龙曾在采访中回忆,在上海战役中,许许多多的上海子弟兵做梦都想着打完这一仗就回家看看,可最后都牺牲在了战斗中。没能亲眼看到上海胜利解放的那一天,就牺牲在了家门口!

当晚,永安公司地下党的同志们连夜赶制了一面大红旗,交到中共地下党员乐俊炎的手里。他登上公司楼顶,将红旗插上绮云阁的顶端。这是上海解放时,南京路上升起的第一面红旗。

5月27日早晨,第20军59师的副师长戴克林上街检查《入城守则》执行情况时,战地摄影师陆仁生跟随戴克林一同前往。

当他们走到战士们休息的地方,看到在梅雨绵绵的街旁路边,解放军战士头戴军帽、衣不解带,齐刷刷地躺在阴冷潮湿的水泥地上,步枪靠墙倚放着,有的机枪手睡着了还紧紧把武器抱在怀里。而且,这些解放军战士即便露宿街头,也不是横七竖八乱作一团,而是保持着横向侧卧的"队形",就这样从这边路旁的人行道上一

直延伸到那边去……

时任第20军60师178团一营机炮连文化教员的冯炳兴回忆说:"那个时候南京路很窄,我们一个团的两千多名战士,就这么分两排,从浙江路路口一直睡到西藏路路口,你想想,500多米,该有多壮观!"

看到战士们在街头一个挨着一个、和衣而卧的情景,陆仁生立即举起相机,把这一攻城史上前所未有的奇观拍了下来。

历史是何其地相似!

多少年过去,中国早已发生了翻天覆地的变化。从南京路上整齐地露宿街头的解放军战士,到临沂舰过道里倚墙而坐合眼休息的新时代官兵,尽管他们有着不同的面孔,但他们为人民服务的宗旨从未改变,流淌在一代代官兵血脉之中的红色基因从未改变!

(十)

"靠码头部署!"一声命令传遍临沂舰的每个战位。与此同时,临沂舰的住舱内又是一番忙碌的景象——已经在临沂舰上恢复"元气"的同胞们,正在收拾着行李,准备下舰,临沂舰已经抵达吉布提港。

这时,舰上的广播又一次响起:"同胞们,我舰已靠泊吉布提港,现在请各位同胞有序下舰。人员、行李较多,请大家注意安全!"

第一章 中国海军奉命接你们回家

◎临沂舰第二次赴亚丁港执行撤侨任务（熊利民 摄）

当大家走出船舱时，发现临沂舰政委高景新和部分舰员已经整齐列队，等候在旋梯口。每位同胞在离开临沂舰时，都得到了一份特殊的礼物——临沂舰的舰帽。

邓令令拿着舰帽激动不已，告诉高景新，这是她人生中最珍贵的礼物。

中国驻吉布提大使馆商务参赞葛华带着志愿者早就等在码头。其实早在几天前，他们就已经开始忙碌。3月28日上午，使馆开始下达任务，由葛华负责所有撤离同胞在吉布提的吃住行。

那时,刚成立不到一个月的吉布提中国商会成了她最强的支撑,仅有的19家会员企业得知同胞们将要在吉布提中转回国,纷纷伸出援手。葛华在后来的一次采访中,又谈起那段撤侨的经历,仍是满眼激动:"志愿者服务队都是企业员工组成的,24小时轮流值班。当时出钱的出钱,出力的出力。有提供手机和电话卡的,让同胞们一靠港,就能给家人报平安;有主动提出给大家提供餐饮的,提供生活用品的,等等。担心有些同胞身体不好,有的志愿者还腾出了自己的宿舍,拿出了自己的被褥。"细心的葛华甚至还组织大家给当时一位过生日的女生过了集体生日,当时把"她感动得眼泪稀里哗啦的"。

就在第一批撤离同胞们准备在吉布提中转回国的同时,临沂舰又开始准备下一次任务部署。

2015年4月2日,临沂舰第二次赴亚丁港执行撤侨任务。

这一次撤离的,绝大部分都是外国公民,是临沂舰三次撤侨中撤离人数最多的一次,也是面临战火威胁最大的一次,共撤离了包括3名中国公民在内的11国225名中外公民。撤离时,一位巴基斯坦侨民因天气炎热中暑,在安检时突然晕倒,临沂舰医疗组立即启动应急机制,对其进行紧急医治,4名官兵抬着200多斤的负重上舷梯进住舱,累得全身湿透,肩膀勒出血印,让这名侨民深受感动。

就在执行任务的过程中,距离临沂舰舰艏5公里处,突然发现爆炸浓烟并传来了激烈的炮声。

22岁的特战队员王振威,穿戴着20多公斤重的防弹衣和头盔,趴在码头塔吊上,密切观察着码头、海上及空中的各种情况。

爆炸仅仅过去几分钟,一颗大口径流弹"当"的一声打在距泊位仅15米的码头塔吊上,那里正是王振威头顶的上方,巨大的塔吊顿时一震。所有人都倒吸了一口冷气,撤离队伍中也发出了恐惧的尖叫声。

烟雾散去,只见王振威依旧趴在战位上,一动不动,毫不畏惧,直到全部人员安全登舰后他才撤离。

密集的枪声、爆炸的火光、浓浓的硝烟近在咫尺,保障军舰进港的引水员和港口主管见此情形,不断催促着临沂舰赶紧撤离码头。亚丁港口主管甚至在话筒里用强硬的语气大喊:"一股武装人员马上就打过来了,你们必须马上撤离!"即便面对如此危急的形势,在码头撤离人员的80多名舰员,始终保持沉着冷静,镇定从容地完成了任务。

◎临沂舰特战队员在战位上执行守护任务
(熊利民 摄)

就是在这一次的撤离中,也门总领事馆的马冀忠终于完成了工作任务,登上了祖国的军舰。在水兵餐厅里,马冀忠看着舰上精心准备的饭菜,苦笑着告诉编队指挥员,他已经一个星期都没吃过一顿安生饭了。

编队指挥员一边让他多吃一点,一边告诉他,几天前他们答应了马冀忠的爱人李红梅,一定把马冀忠安全带回家。现在,他们的承诺兑现了。

"吃完饭,给夫人打个电话,报个平安吧!"

"感谢!感谢人民军队!"马冀忠激动地说。

(十一)

中国驻也门使馆官员面对媒体时说:"我们最大的感慨就是,有自己的力量真好。"

"有自己的力量真好",包含着我们看得见的振奋与提气——中国军舰如"下饺子"般加入战斗序列;驻吉布提保障基地成立;东海南海上空,海军多型战机常态化巡航;双航母同框;亚丁湾驱离海盗,带同胞回家……

"有自己的力量真好",更包含着我们看不见的艰辛与努力,包含着中国强大起来所带给国人前所未有的自豪和自信,包含着新时代青年人该有的担当和作为。

10天之内3进也门,临沂舰将163名中国同胞以及13个国家的269名公民安全护送至吉布提港,圆满完成也门撤侨任务。这是中国首次派遣军舰直接靠泊外国港口撤离中国公民,也是中国军舰首次撤离外国公民,充分展示了中国海军的和平使命和大国担当,赢得了国际社会的高度赞誉。

曾经有人发问:30多年无战事,这批从未闻过硝烟味道、在蜜罐子里泡大的年轻海军,能否担当重任?

也门撤侨,给出了最好的答案!历经这次战火硝烟的检验,流淌着我军红色基因的新时代水兵,已经拉直了人们心中的问号。

如果再向更深处望去,我们会发现勇敢的水兵、勇敢的战舰背后,是一个强大的祖国!正如网络上一段刷屏的话所讲:中国护照有用的地方,不在于它可以让你免签多少国家。而在于在世界任何地方,都有解放军像这样迎接你归国。

也门撤侨行动已经过去多年,如今再忆起那时的画面,让郭燕印象最为深刻的,其实并非被摄影师抓拍的那张"牵手照",而是码头上五星红旗汇成的红色"飘带",是在舰上小女孩对着她敬的那个不太标准的军礼,还有小女孩说的那句"长大后,我也要当海军"。

出名了,对于郭燕来说,没有任何的名和利,只是让她变得更加努力。在郭燕的心里,临沂舰就是她的家,这个家中有许多让她尊敬且佩服的兄弟姐妹。"我们每个人都很努力,因为我们有个共同的梦想",郭燕说。

心中有信念,青春的脚步就会铿锵有力;心中有信念,就能在拼搏中一步步抵达梦想。如今,郭燕变得更加自信了。她成了舰上的技术骨干,闯过更多的难关,执行过更多的任务。

◎导弹护卫舰临沂舰和潍坊舰在航行中(代宗锋 摄)

"如果梦想有颜色,我的梦想就是深蓝色!"郭燕自信地说。

时过境迁。如今,当我们再一次凝视那张洋溢着从容、自信笑容的牵手照,我们就知道,这笑脸里藏着海军临沂舰,藏着人民海军,藏着人民军队的制胜密码!

>>> 第二章
导弹护卫舰的前世今生

时光的指针从"八六"海战拨至新时代——2019年4月23日,人民海军成立70周年海上阅兵的现场,战舰如虹！两位经历了生死考验的老英雄坐在电视机前,心潮澎湃！

导弹护卫舰三亚舰、张掖舰、秦皇岛舰,这些战舰与多年前他们曾经驾驶的战舰名称相似或相同,但技术含量却有了天翻地覆的改变,实现了他们那一代海军的梦想,更让我们领略到人民海军护卫舰一路发展的航迹。

当我们翻阅那些尘封的历史,便会发现那些隐藏在其中的"密码"。

2019年,中华人民共和国成立70周年之际,一位老英雄再一次被推到了时代的聚光灯前。

他是麦贤得——"八六"海战的战斗英雄。在新中国走过70年光辉岁月的历史时刻,他获得了"人民英雄"国家荣誉称号。

"感谢党、感谢祖国和人民,如果没有祖国的抢救,就没有我的今天!""我的第二次生命是党和人民给的,我要回报祖国,回报社会,跟党走,为人民服务!"麦贤得说。

头缠绷带、身穿海魂衫、坚守在轮机旁继续战斗……连环画《钢铁战士麦贤得》中麦贤得的形象,是许多中国人脑海里难以磨灭的印记。

多年过去,谈起当年那场海战,每一个战斗场面都历历在目,牢牢镌刻在麦贤得老英雄的记忆深处。

老人清楚地记得,战斗是在1965年8月6日的凌晨接近2点钟打响的。战友们发扬了解放军近战夜战的传统打法,在高速靠近敌舰3海里时才开炮。他们中队的4条艇围着"章江"号猛轰了一个多小时,就把它击沉了。他们调转头来,又追着逃窜的"剑门"号打,最终也把它击沉了。这一仗,他们取得了新中国成立后人民海军最大一次海上歼灭战的胜利。

就是在那场海战中,还是个年轻小伙子的麦贤得头部中弹失去知觉,苏醒后,由于头部失血过多,眼睛不能视物,可这位轮机兵仍坚持作战,凭着练就的一身"夜老虎"技能,排除舰艇故障,保证轮机正常运转,坚守战位直到战斗胜利。麦贤得因此成为这次海战中最具光彩的一位英雄,被誉为"钢铁战士",他所在的611艇,被海军授予"海上英雄艇"荣誉称号。

说起海战的细节,与麦贤得一起经历了"八六"海战的另一位不为人所熟知的老英雄徐济川,也是如数家珍。他说,我们的护卫艇排水量不足百吨,而对方的"剑门"号和"章江"号都是美制舰艇,前者的排水量接近1000吨,后者也达到了300吨。像是保守着一个重要的军事秘密,他贴近笔者的耳朵说:"别看我们的护卫艇吨位小,可火力不差,装备了全自动20火炮和半自动的37火炮。"

时光的指针从"八六"海战拨至新时代——2019年4月23日,人民海军成立70周年海上阅兵的现场,战舰如虹!两位经历了生死考验的老英雄坐在电视机前,心潮澎湃!

◎ 导弹护卫舰烟台舰和临沂舰在某海域演习(胡善敏　摄)

导弹护卫舰三亚舰、张掖舰、秦皇岛舰,这些战舰,与多年前他们曾经驾驶的战舰名称相似或相同,但技术含量却有了天翻地覆的改变,实现了他们那一代海军的梦想,更让我们领略到人民海军护卫舰一路发展的航迹。

当我们翻阅那些尘封的历史,便会发现那些隐藏在其中的"密码"。

(一)

提起导弹护卫舰,军迷肯定不会陌生。它是以导弹、舰炮、深水炸弹及反潜鱼雷为主要武器的轻型水面战斗舰艇,其主要任务是为舰艇编队承担反潜、护航、巡逻、警戒、侦察、支援登陆作战任务以及负责舰载机(无人机)的起飞和降落。

随着人类造船技术的不断进步,海洋贸易逐步兴起,船舶运输为经贸往来提供便利的同时,针对航运的劫掠接踵而至,司职护航的武装船舶随之应运而生。时间回溯到16世纪,当时的人们就把一种三桅武装帆船称为"护卫舰"。

第一次工业革命后,西方列强在亚洲、非洲、拉丁美洲建立了广阔的殖民地体系,为保护自身安全及利益,各国建造了一批排水量较小、适合在殖民地近海活动的中小型舰只,用于警戒、巡逻和保护己方商船。有人将此视为现代护卫舰的前身。

日俄战争时期,日本舰艇多次闯入旅顺口俄国海军基地,对俄国舰艇进行了多次鱼雷、炮火袭击,并布放水雷,用沉船堵塞港口,限制俄国舰队的行动。

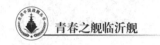

起初俄舰队巡逻、警戒港湾的任务由驱逐舰承担,但基地内驱逐舰数量较少,并且还要承担鱼雷和水雷的攻击任务,因此防卫日本侵扰的效果并不理想。

针对这样的情况,战后,俄国建造了世界上第一批专用护卫舰。最初的护卫舰排水量比较小,只有400到600吨,而且火力弱,抗风浪性差,航速也比较慢,只适合在近海活动。

在巨舰大炮的海战时代,护卫舰是海军体系中相对边缘化的存在。但它的出现,也标志着多用途、轻量化、低成本的防御型舰艇开始登上历史舞台,并将在不久的未来证明它的价值。

(二)

第一次世界大战和第二次世界大战,被视为护卫舰高速发展的时期。

1917年,德国海军潜艇共击沉了协约国2356艘各类船只,损失船只总吨位达573万吨,其中一半属于英国。而作为当时世界第一的海上强国,英国造船业一年能造的船只总吨位也就270万吨。如果我们做一个形象的量化,就等于说英国造船业一年的努力,都被德国潜艇击沉至海底。

1942年,德国"狼群"达到了击沉同盟国商船的最高峰。全年共击沉商船1160艘,总吨位达630万吨,而自身损失率却不到7%。这一次损失的船只里,美国占了大多数。

1941年12月,日本偷袭珍珠港,太平洋战争全面爆发。航空母舰和舰载机的组合横空出世。舰船的头号威胁,由海洋让渡给了天空。巨舰大炮的海战时代尚未走远,航母已经迫不及待地登上历史舞台,甚至成为主宰大洋的决定力量。

残酷的战场对决,让反潜和防空成为各国海军的迫切需求,术业专攻的护卫舰被迅速推向战争前沿。

英国的"江河"级,美国的"塔科马"级、"坎农"级护卫舰,是第二次世界大战时期的明星舰艇。特别是"江河"级护卫舰,在大西洋反绞杀战中,击沉德军潜艇30余艘,自身仅战损8艘,被盟军称为"海上守护神"。

由于战争资源倾斜于航母和巡洋舰,各国护卫舰普遍被限制在2000吨排水量以下,专职于防空、反潜,兼具火力支援和掩护登陆等用途。同时,这类舰艇单价低廉、制造周期较短,适应性强,已经与现代护卫舰非常接近。

第二次世界大战后,发生大规模海战的概率呈下降态势,但全球局部热点冲突激增,世界上主要国家也都增加了对护卫舰的研发投入。随着第一艘导弹护卫舰的诞生,护卫舰防空、反潜、反舰能力都得到巨大提升,设计排水量也增至近5000吨。其中英国的22型,法国的"拉法耶特"级、美国的"佩里"级护卫舰,都是现代护卫舰的杰出代表。

英国的22型护卫舰首舰,服役于1979年。它作为英国航母编队的重要力量,参与了著名的英阿马岛战争,击落、击沉了多架阿根廷战机和多艘潜艇。英国的"大刀"级护卫舰,是目前世界上最大的护卫舰,排水量达4900吨,装有8枚"鱼叉"反舰导弹、1座114

毫米主炮、4座30毫米防空炮和1套"守门员"近防武器系统。此外，还装有2座六联装"海狼"航空导弹发射装置、2座三联反潜鱼雷发射管和2架"海王"反潜直升机。22型护卫舰于2011年6月全部退出现役。2017年，其替代型——26型开始建造。

法国的"拉法耶特"级护卫舰首舰，服役于1996年，其作为世界上第一艘具备隐身能力的护卫舰，是注定要载入军事史册的。"拉法耶特"级护卫舰最大的特点就是其高度隐身化的舰体设计，强调减少舰体各种信号的散发，包括雷达、红外线、噪声等。"拉法耶特"级护卫舰外部舰面十分简洁干净，舰体多处使用隐身涂料来减少雷达反射。舰上装备都尽可能收入舰体或采取其他隐身措施。这些基于隐身需求的设计思路，对90年代后世界各国军舰的设计建造，都产生深远的影响。2002年，法国和意大利开始联合研发新一代护卫舰，并命名为欧洲多任务护卫舰FREMM。

美国的"佩里"级护卫舰首舰，服役于1977年。作为美苏争霸期间支撑美海军转型的重要力量，该型舰的设计思路紧贴美海军战略需求，突出防空反潜能力，是战后美国海军建造数量最多的舰艇，并向世界数十个国家输出，至今仍是多个国家的海军主力舰艇。

2015年9月，"佩里"级末舰"考夫曼"号退役，取代它的是濒海战斗舰，开启了美国海军5年没有护卫舰的历程。2020年4月，美国海军重启护卫舰序列，最新一代的护卫舰命名为"星座"级，已于2021年开始建造。

（三）

1949年10月1日，雄伟的声音从北京天安门城楼发出，中华人民共和国成立了。就在这个举国欢庆的日子到来的前半年，1949年4月23日，在距离首都北京千里之外的江苏泰州白马庙，华东军区海军正式成立。

这是我们所熟知的历史。而鲜为人知的是，华东军区海军也是人民海军的第一支真正意义上的舰队。11艘护卫舰是这支舰队的重要"家当"。在那个年代，拥有11艘护卫舰已然算是不小的规模。但若把历史的镜头放大，就会发现这些船只都是"外籍"，"年纪"也都不轻。当时，有的水兵开玩笑称这些护卫舰为"三朝元老"舰。

之所以有"三朝元老"这样的称呼，是因为这些老旧舰船都有着相似的经历——先后在日军、国民党军和刚成立的人民海军中连续服役。

2020年1月12日，一条新闻在网络上刷屏——"万吨大驱"南昌舰正式加入人民海军战斗序列。

站在如今的历史节点，再回望过去，我们会发现那些激动人心的细节。

1945年，日本正式投降。投降后，当时的国民党军接收了一艘日本侵华炮舰——曾服役于长江舰队的旗舰"宇治"号。国民党军接收后，将其改名为"长治"号，它也成为当时国民党海防第一舰队的旗舰。

1949年9月19日,新中国成立前夕,"长治"号起义。这一次起义,还成为后来电影《海魂》的原型事件之一。那部电影在当时算得上是"流量担当"。可由于国民党空军的轮番轰炸,"长治"号不得不自沉于南京燕子矶。直到第二年,人们将这艘"有骨气的船"打捞出水,并送进了江南造船厂。两个月后,这艘"长治"号有了一个全新的名字"南昌"号。

跨越70年,当年老旧的"三朝元老"成了如今的"万吨大驱"。舰船变了,但沿用至今的"南昌"二字,始终将红色血脉代代相传。

1950年初,新中国百废待兴。刚成立不到一年的人民海军,无论是装备还是技术都处于极度缺乏的状态。

第二次世界大战后,老牌海上强国英国决定裁军,并将一批舰艇进行抛售。得到消息,我国立即派人与英国接洽,通过中国香港地区购买了英国的48艘退役舰艇。当然,英国也提出了购买条件——拆除舰上的武器。48艘舰船的事还未尘埃落定,1950年,朝鲜战争爆发了,美国第七舰队公然开进我台湾海峡。不仅如此,以美国为首的联合国还对我国实行了禁运。如此,购买计划便搁浅了。

但,我国并未就此放弃。

1952年,春寒料峭。我国派出代表远赴苏联,目的就是要购买苏联的驱逐舰。但苏联并不愿意,只愿意出售一批吨位较小的舰船。随后的一年里,我国不断派人与苏联接洽磋商,终于在1953年

6月4日,与苏联签署了第一个关于海军装备的文件——《关于海军交货和关于在建造军舰方面给予中国以技术援助的协定》。协定签署后的一个多月,以美国为首的"联合国军"也正式在朝鲜战争停战协议上签了字。

很快,根据协定内容,苏联向我国有偿提供了01型火炮护卫舰的相关技术图纸以及设备材料,一批苏联专家也派往我国指导舰船生产。

1955年,黄浦江畔。

第一机械工业部组织上海自行车厂,成功试制了我国第一批28英寸公制标定自行车,也就是人们俗称的"二八大杠"。后来很长一段时间,风靡全国的自行车品牌"永久""凤凰"均产自上海。

也是在1955年,也是在黄浦江畔,上海沪东造船厂也正式开启了护卫舰的建造,后来这4艘01型护卫舰分别命名为"成都""昆明""贵阳""衡阳"。

两件看似毫无关联的事,就这样"巧合"地发生在了上海。如今我们再回头看,会发现这两样广义上同属交通工具的东西,一件连着人民的幸福生活,另一件连着国家的安全利益。

(四)

如今,当我们翻开已走过70多年的人民海军史,不妨仔细梳理我国的护卫舰。梳理护卫舰的发展历程,实际上是在触摸历史的脉动,也更能感受人民海军发展的不易。

◎导弹护卫舰临沂舰和潍坊舰靠泊军港（代宗锋 摄）

我国第一艘自行建造的护卫舰：01型护卫舰

前面已经提到，01型护卫舰是我国与苏联政府协商引进，购买全部技术图纸，进口关键材料和装备，在国内完成组装的第一型护卫舰。该型舰以苏联"里加"级护卫舰为原型，1956年首舰"成都"号下水，因此北约将其命名为"成都"级。

01型护卫舰共4艘，全部由当时国内唯一具备建造大型船舶能力的沪东造船厂组装。

当时，我国海上威胁主要来自东南沿海岛屿及退守台湾的国民党残余势力。因此，4艘护卫舰甫一下水，便全部服役于东海舰队，并在解放沿海岛屿、抵御国民党舰艇袭扰的战斗中，发挥了重要作用。

20世纪70年代，越南对我国南海主权的侵犯日益猖獗。为增援南海舰队，稳定南海局势，中央军委决定调派东海舰队3艘01型护卫舰驰援南海。505"昆明"号、506"成都"号，以及508"衡阳"号奉命组成编队奔赴南海。

航线该如何选择，成为当时面临的第一个问题。最快的航线，自然是穿越台湾海峡，而备选航线则是绕行巴士海峡。那时，两岸军事对峙战事不断，金门、妈祖及澎湖列岛均掌握在国民党军队手中，岸防火炮及水上舰艇足以封锁台湾海峡。

我方舰队究竟要如何选择？

中央军委电令：直接过台湾海峡。

1974年1月21日夜晚，3艘护卫舰灯火管制、炮弹上膛、开足马力驶入台湾海峡。与我方的高度警备不同，国民党军方面一直保持静默，直至舰队驶离海峡进入南海。时任南海舰队司令员张元培回忆说，自己不怕舰队官兵牺牲在南海，就怕他们牺牲在台海。

后来，由于3艘护卫舰的及时增援，有力打击了越南的嚣张气焰，西沙海战的战果也得以巩固。

01型护卫舰于1957年服役，1994年全部退役，服役年限近40年。该型护卫舰的引进建造，快速补充和提升了人民海军成立初期的薄弱力量，更重要的是，为我国日后独立研制建造护卫舰储备了技术,积累了经验,培养了人才。

我国第一艘自主研发的护卫舰:65型护卫舰

1966年服役的65型护卫舰是我国自行设计,全部采用国产设备、材料建造的第一型护卫舰,该型舰的研制成功,为我国作战舰船从仿制到自研奠定了基础。

20世纪60年代,当时的南越西贡政权觊觎我南海已久,眼见我海军力量被牵制在东海区域无力南顾之机,大肆侵占我国岛屿。鉴于南海的紧张局势,我国亟须建造新的护卫舰以增强南海舰队实力。

1964年,海军批准了《65型舰战术技术任务书》。由于台湾海峡被封锁,海军决定由上海沪东造船厂制造第一艘,在东海交船,然后帮助广州方面建造4艘,在南海交船。广州只承担舰体的结构制造和总装任务,上海则提供所有能够用火车运输的成套部件,并提供人员培训和工艺装备。

1964年8月,上海方面的首舰529"海口"号开工,并于1965年12月下水,1966年8月正式服役。

1965年8月,广州方面首舰504"东川"号正式开工,1966年6月下水,同年12月服役。2号舰501"下关"号,也在1965年年底开工,一年后下水,1967年6月服役。3号舰502"南充"号、4号舰503"开源"号也在1966年5月开工,1969年6月加入人民海军战斗序列。

提到502"南充"号,熟悉海军历史的人肯定不会陌生,这是一艘参加过两次海战的功勋舰艇。

1974年西沙海战,指挥作战的邓小平同志抓住有利时机,提议乘胜收复三岛,一举解决1956年起南越西贡政权对西沙岛屿的侵占问题。西沙海战开启第二阶段作战计划,"南充"号担任运输物资和人员的任务,为迅速扩大战果提供有力保障。

1988年"3·14"海战,"南充"号组织人员登上岛礁,在海战打响后第一时间作出反应,前主炮首发便命中了敌船的机舱位置。随后,"南充"号100毫米主炮和37毫米炮一同开火,仅用4分钟时间,就击沉了越方604船。

根据公开报道,在"3·14"海战中,我海军3艘军舰共消耗100毫米炮弹285发、37毫米炮弹266发,击沉越方军船2艘,重创1艘,以射速和射击时间计算,502"南充"号使用的炮弹是最少的。作为65型护卫舰的代表,"南充"号用战斗的胜利,将该型火炮护卫舰的价值发挥到极致。

此一战,我海军缴获越南国旗一面,俘虏越军9人,致越军伤亡及失踪约400人。

"南充"号护卫舰为保卫祖国领海主权立下功勋,受到中央军委通电表彰,荣立集体二等功。

1994年底,5艘65型护卫舰中仅剩下"南充"号仍在服役,1995年该舰退役,随后被青岛海军博物馆收藏。2012年,考虑到舰体老旧程度、维护困难程度等诸多因素,"南充"号被实施拆解回收。

我国第一艘自行研制的防空型导弹护卫舰:053K型导弹护卫舰

20世纪60年代中期,01型、65型护卫舰的下水服役,为我国军舰制造沉淀了技术积累,与此同时,导弹技术也获得突破性进展。

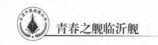

1965年，海军提出要研制一型导弹护卫舰，船舶工业部门随即开始前期设计工作。经过双方充分协调后，1967年，上报了《053小型火炮导弹舰战术技术任务书》，并在当年获得了批准。

1970年，导弹护卫舰首舰正式开工，1971年10月下水，舷号222，后改为531，命名为"鹰潭"号。

作为我自行研制的第一代导弹护卫舰，它的命运并没有像01型和65型那么顺利。

作为对空防御为主的护卫舰，自1975年交付海军，"鹰潭"号就在等待对空导弹的上舰，而这一等就是10年。直到1986年，红旗61型对空导弹定型，"鹰潭"号才成为名副其实的导弹护卫舰。

虽然053K型导弹护卫舰与导弹匹配时间长，但作为首舰的"鹰潭"号却早早披挂上阵，以火炮护卫舰的身份保卫祖国海疆。1986年，红旗61防空导弹定型安装后，"鹰潭"号开始承担起繁重的训练试验工作。两年后，1988年的"3·14"海战中，"鹰潭"号作为唯一一艘防空护卫舰加入战斗，不仅为参战部队撑起防空伞，还与兄弟舰艇协同炮击敌舰，赢得了战斗胜利。

1994年，"鹰潭"号完成了自己的使命退出现役，携手共同参与"3·14"海战的"南充"号，被青岛海军博物馆收藏。

第一艘反舰型导弹护卫舰：053H型导弹护卫舰

20世纪70年代初，海军因缺少护卫舰曾多次提出要求，希望能安排对十几艘老、旧、杂型护卫舰轮番大修一遍。但这些护卫舰舰体腐蚀严重，各部件品牌混杂，维修周期长约2年，总维修费用预估需几千万。江南造船厂承接维修任务,需要占用船坞5到6年,对其他任务影响太大。该如何化解海军部队需求与装备维修的巨大矛盾,成为摆在我海军装备部门面前的难题。

最终,"以造代修"的全新解决思路打破了僵局。

首先提出该设想的,是海军装备部原部长、时任六机部军管会副主任的林真同志。1974年4月,林真同志将《关于建造一批对海导弹火炮护卫舰的建议》报六机部核心领导小组,"以造代修"的方针实质是"研制—生产—改进—提高—再研制—再生产"的道路,是针对当时国情和军情的实事求是之路。

1974年9月,海军正式表态同意了这一建议,中央军委正式批复件于同年10月下发。海军装备研发部门会同沪东造船厂等单位充分吸收053K型的技术积累及经验,选装我国自主研发的"SY-1型"反舰导弹上游一号,使得053H型护卫舰具备了较强的对海作战能力。

1975年1月至5月,仅用时4个月,053H型护卫舰的研发工作便完成,1975年实现了开工3艘、完工2艘的创纪录速度。从此,我国自行研制批量生产的053H型护卫舰陆续装备海军,对海军护卫舰舰种的发展和海军护卫舰部队的建设做出了重大贡献。

中西合璧的053H1型导弹护卫舰

1978年,海军开始新建053H1型导弹护卫舰。

1980年7月,053H1型导弹护卫舰首舰"台州"号在沪东造船厂开工建造,舷号533,1981年12月下水,1982年6月正式服役。

得益于技术和装备的引进使用,053H1型护卫舰具备了远程对空警戒能力和一定的远洋巡逻能力,能够引导战斗机执行作战任务,这意味着053H1可以在远海独立承担对空警戒和引导。更大的续航力和更长时间的海上自持力,意味着该型护卫舰可以走得更远,在任务海域停留时间更长。

相较于053H型,053H1型护卫舰可以向更深远的大洋挺进,承担各种远海巡逻任务,尤其是在南海海域作为武力存在。053H1型护卫舰延续了053H型护卫舰高速建造的特点。

巡逻舰支队在南海岛礁建设期间发挥了极其重要的作用,不仅舰炮火力强大,出勤率高,而且因为老旧反而费得起、用得起,极大解放了南海舰队先进主战舰艇,可谓劳苦功高。

作为中西技术合璧的代表,舷号544的"四平"号曾是许多军迷心目中的明星舰艇。1984年,作为我国验证中小型舰艇舰载直升机的试验平台,"四平"号大幅改变了舰艇设计,改装了直升机库。

2006年8月20日,"四平"号由北海舰队转到海军大连舰艇学院,与郑和舰和世昌舰一同担负起海军学员海上实习训练任务。2010年7月28日,"四平"号改名"旅顺"号。

该型舰唯一参加过"3·14"海战的556"湘潭"号,同样是一艘具有传奇色彩的军舰。

1988年3月初,刚刚入列3个多月的湘潭舰驶向南海执行战备巡逻任务。3月14日,湘潭舰与鹰潭舰、南充舰携手作战,在40多分钟的战斗中,击沉敌2艘武装运输舰,重创1艘坦克登陆舰。

海战后的第二年,湘潭舰外销孟加拉国,舷号F18,重新命名为

"奥斯曼"号。作为孟加拉国海军的主力舰,频频执行出国访问任务,并多次"回娘家"。2009年,该舰还参加了庆祝人民海军成立60周年海上阅兵式,在"娘家人"面前再次展现了这艘著名战舰的风采。

053H1型护卫舰与前型053H型比较,全舰在动力系统、火炮系统和导弹系统上做了改进调整,提高了该型舰的作战效能。从053H1型舰开始,海军改变了过去只注重舰只数量的做法,而采取了少建多试、"小步快跑"的发展模式,通过持续不断地改进,稳步提高自行研制建造护卫舰的能力和水平。

而在建造053H1型护卫舰的同时,沪东造船厂已经开始设计和建造更新的053H2型护卫舰了。

第一艘"三防"护卫舰:053H2型导弹护卫舰

1982年6月,海军正式提出建造053H2型导弹护卫舰。

053H2型导弹护卫舰首舰、535"黄石"号于1985年12月下水,1986年12月正式服役。

053H2护卫舰,正常排水量1700吨,满载排水量2100吨,基本接近国外同类先进舰只水平。该舰的舱室内都装有空调设备和净化空气的负离子发生器,大大改善了舰员居住环境和适航性能。

053H2型护卫舰也是海军第一型装备鹰击导弹的军舰,超出同期051型驱逐舰的导弹携载量,增加了打击目标的批次。

"黄石"号护卫舰的火炮系统,由作战指挥中心集中控制,与新增加的电子战系统结合,使该型舰的火力特别是对空防御火力的水平有了质的提高。

2013年,舷号535的"黄石"号、舷号536"芜湖"号出口孟加拉国,成为该国主力舰艇。"黄石"号后更名"阿布·巴卡尔"号,舷号F15,2014年抵达青岛,参加了"海上合作-2014"多国海上联合演习。

053H2型导弹护卫舰是人民海军第一种具备"三防"作战能力的水面舰艇,也是中国海军第一型同时兼具对空对海导弹攻击能力的护卫舰,为后续053H3的设计制造积累了宝贵经验。

多快好省、术业专攻的053H1G型护卫舰

053H1G型护卫舰,是专为装备南海舰队在053H1型护卫舰基础上研制的改进型护卫舰,舰上换装了双管100毫米主炮和双管37毫米副炮,改装了低红外特征烟囱,舰内安装了空调系统,以便在南海水域巡航作战。

1988年"3·14"海战后,我国比以往任何时候都更加清醒地意识到建设一支强大海军的迫切性。南海舰队亟待强化海上作战能力,急需批量增加护卫舰数量,以应对台湾海峡和南海海域紧迫的形势。因此,作为应急措施,在053H1型护卫舰基础上,做适当改进、快速批量建造053H1G型护卫舰是可靠、稳妥的解决方案。

053H1G型护卫舰首舰舷号558"自贡"号,后改名"北海"号,1991年6月在广州黄埔造船厂开工建造,1993年1月下水,同年5月服役。

053H1G型护卫舰最重要的外观识别特征,是与众不同的低红外特征烟囱。服役后的053H1G型护卫舰,用于在近、中海执行护航、护渔、巡逻警戒和支援鱼雷艇、导弹艇作战等任务,并可在港湾的航道上实施布雷作业。

第一艘真正意义的多用途护卫舰:053H2G型护卫舰

在20世纪80年代相当长的一段时期内,"鹰潭"号是支撑中国海军上空唯一的防护伞。这就与我国日益增长的安全需求不符。到80年代中期,海军开始对防空型护卫舰的后续发展展开讨论,兼具防空、反舰、反潜功能的多用途护卫舰的建造提上日程。

首舰"安庆"号1987年开始建造,1990年下水,1992年7月服役于东海舰队。

053H2G型护卫舰是中国研制的第二代全封闭导弹护卫舰。在2000吨级护卫舰上,首次同时装备对空导弹、对海导弹、舰载直升机系统和作战情报指挥系统。053H2G型护卫舰采用现代新型护卫舰的船体型线,航海性能、隐蔽性、居住舒适性等有较大提高。全舰作战系统有较强的防空、对海、反潜和电子战作战能力。该舰的动力装置、武器系统及作战情报指挥系统等,全部由我国自行研制。

053H2G型护卫舰在当时来说并不算先进,但却拥有均衡的反舰、防空和反潜能力。特别是作为人民海军第一种批量化建造的带有反潜直升机的舰船,对于海军反潜能力的增强具有重要意义。

第一艘具备反导能力的护卫舰:053H3型导弹护卫舰

053H3型护卫舰,是中国自行设计建造的第二代全封闭导弹护卫舰,具有较强的对海、对空、反潜攻防能力,尤其提高了对掠海反舰导弹的防御能力，是一型攻防均衡的护卫舰。053H3型护卫舰最令人称道的是成功实现了能力与成本的平衡。

海军一直在谋求更紧凑、更可靠、反应速度更快的舰载点防空导弹系统。基于此，在053H2G型护卫舰的基础上，研发制造053H3型护卫舰。其作战性能较之前有了较大提升，且具备拦截来袭反舰导弹的能力。

053H3型护卫舰首舰"嘉兴"号，舷号521，1996年在沪东造船厂开工，1997年12月下水，1998年11月在东海舰队服役。

作为具备一定远洋能力的作战舰艇，053H3型舰多次参与组成编队执行出访任务，为我国的军事外交打开崭新篇章做出了重要贡献。

第一艘具有隐身外形和远洋作战能力的054型护卫舰

世纪之交的1999年，我国正式购买"瓦良格"号，也就是后来航母辽宁舰的前身。

也是在那一年，我国新一代的护卫舰开工建造，这就是054型护卫舰。

054型护卫舰隐身设计的船体外形简洁流畅，排水量超4000吨，被军迷称为中国的"拉法耶特"。如果航母是维护我国海洋利益的核心，那么，全新的054型护卫舰则是航母编队中的"助攻利器"。

054型护卫舰于20世纪末建造，首舰"马鞍山"号护卫舰，舷号525，1999年12月开工，2003年9月下水，2005年与二号舰、舷号

526的"温州"号一起入列东海舰队。

054型护卫舰的下水服役，验证了舰体设计的性能，为后续舰体设计改进提供了依据。

和声名在外的054A型相比，马鞍山舰和温州舰甘做共和国海军成长的扶梯，以低调的姿态为海军战斗力发展做出了重要贡献。

第一艘具备区域防空能力的护卫舰：054A型导弹护卫舰

在中国海军护航行动中，首次驰援千里接护遭海盗袭击船舶的明星舰，是那艘名为"徐州"号的军舰。"徐州"号正是中国054A型导弹护卫舰的首舰。作为中国新锐护卫舰的代表作，054A型护卫舰凝聚了隐身设计、垂直发射、区域防空等众多科技成果，是中国海军走向深蓝的重要基石。

054A型导弹护卫舰由广州黄埔造船厂与上海沪东造船厂以轮流交替的模式建造，舷号也是交错的。黄埔厂承造的054A首舰舷号530是最早开工的同级舰，于2006年9月率先下水，并于10月正式命名为"徐州"号；沪东建造的054A二号舰舷号529开工在黄浦首舰之后，于2006年12月下水，命名为"舟山"号。

本书重点介绍的舷号547的"临沂"号导弹护卫舰，是第13艘054A型护卫舰，2011年底下水，2012年12月正式编入中国人民解放军海军北海舰队。

随着中国海军走出国门，承担亚丁湾护航、撤侨等一系列任务，我海军不仅积累了大量的远洋航行经验，同时也对大中型舰艇的适航性、实用性和效费比有了更深刻的认识。

◎航母辽宁舰与导弹护卫舰临沂舰（胡善敏　摄）

最新型多用途轻型护卫舰：056型护卫舰服役

当外界目光聚焦在航母、导弹驱逐舰等明星装备时，我国近海防御的主力仍是20世纪中期建造的053H护卫舰及037猎潜艇。不仅装备武器老化严重，舰艇适航性和人员居住条件都较差，如何把家门口的近海防御解决好，成为海军刻不容缓、急需应对的挑战。

应运而生的056型护卫舰，排水量不足1500吨，属于轻型护卫舰。但其防空、反潜、反舰能力样样不缺，还设有直升机起降平台。

成熟的设计、适用的装备、可靠的性能、低廉的造价,最终使其成为我军守护近海的主力舰种。

在不到6年时间里,056型护卫舰列装服役数十艘,堪称"中国速度"的海军版,也成为了网友们"下饺子"形容的主要由来。

2014年,反潜增强版的056A型护卫舰登场。

首舰舷号582"蚌埠"号护卫舰,2011年开工建造,2012年5月下水,2013年2月于东海舰队服役。

截至2021年2月,056型护卫舰、056A型护卫舰、导弹护卫舰先后加入人民海军战斗序列,大大加快了海军现代化进程,构筑起海上的钢铁长城。

◎鸟瞰临沂舰(熊利兵 摄)

>>> 第三章
舰名·舰魂——那些血肉相连的红色记忆

"蒙山高,沂水长,红嫂恩,永不忘。"

时光流逝,当年的"红嫂"已渐渐故去,但沂蒙儿女的故事仍被久久传唱,军民水乳交融、生死与共铸就的沂蒙精神更是历久弥新,焕发出新的光芒。

八百里沂蒙好风光,山山水水都是歌。静静的沂河水一路向南汇流入海,流淌着沂蒙精神血液的临沂舰劈波斩浪驶向深蓝。从沂河岸畔到黄海之滨,"临沂"这个共同的名字把劈波斩浪的军舰和一座有着深厚红色文化的拥军城紧紧连在一起。

2019年8月1日清晨,黄海海面大雾弥漫,烟水苍茫。时值中国人民解放军建军92周年之际,靠泊在军港的舰艇纷纷悬挂满旗,以最高礼仪庆祝建军节。

北部战区海军某驱逐舰支队临沂舰后甲板上,百余名水兵整齐列队。

随着舰长发出"升旗"口令,国歌声响起,临沂舰全体官兵敬军礼,国旗徐徐升起……

"要更忠诚、更努力、更勇敢,打造547舰想出征、敢战斗、能凯旋的精神特质。"升旗仪式后,时任临沂舰政委赵井冬为海军"忠诚守初心、奋斗担使命——我的家乡我的舰"主题宣传活动启动致辞。随后,临沂市慰问团登上临沂舰参观慰问。

多年来,全国双拥模范、沂蒙新红嫂朱呈镕始终对临沂舰官兵关怀备至,被战士们亲切地称为"兵妈妈"。她这次为临沂舰官兵带来了1200斤速冻水饺和100双亲手缝制的鞋垫。

"沂蒙人民缝制的鞋垫,曾伴随着我军前辈走过千山万水。"接过"兵妈妈"送来的鞋垫,临沂舰副炮区队长孙钦凯深有感触地说。

这些年来,每逢重大节日,临沂市双拥部门都会向临沂舰官兵赠送图书,还带领高校教师、科研技术人员与官兵座谈交流。临沂舰官兵则定期邀请临沂市市民上舰参观,开展"海洋、海权、海军"系列教育,临沂舰还被评为全国"拥政爱民模范单位"。

在"忠诚守初心、奋斗担使命"主题座谈会上,临沂舰情电部门雷达区队长兼总士官长耿国东与6名战友,为临沂市慰问团的杰出青年代表讲述也门撤侨时惊心动魄的一幕幕,赢得青年代表们的连声称赞。

座谈中,时任临沂舰政委赵井冬向临沂市慰问团介绍临沂舰建设情况。组建以来,临沂舰全舰官兵在沂蒙精神激励下铁心向党、苦练精兵,在支队同型舰中最短完成全训、最快形成战斗力,圆满完成中俄联演、亚丁湾护航等重大任务40余项,航程13万余海里……卓越的成绩赢得临沂市慰问团的热烈掌声。

"通过这次交流,我们走进了临沂舰、走近了官兵,了解到人民海军的辉煌成就,也看到了人民海军向海图强的澎湃势头。"临沂市委宣传部一位工作人员说。

◎中国海军航母编队破浪前行(胡善敏 摄)

第三章 舰名·舰魂——那些血肉相连的红色记忆

潮起潮落,初心不改。沂蒙精神这条无形的纽带,将黄海之滨的海军临沂舰与英雄的沂蒙人民紧紧相连,谱写血浓于水的时代新篇章。

不仅仅是临沂舰,细数人民海军战舰的名字,我们会发现在那些熟悉的省市、湖泊,抑或是人物的背后,都连接着一条红色血脉。那些耳熟能详的舰名里,包含着振奋人心的舰魂。而这些,也组成了人民海军破浪向前的精神内核。

(一)

综观世界,每个有海军的国家,都拥有象征国家尊严、标志综合国力的舰艇。

有舰就有舰名,人民海军的舰艇也不例外。那么,共和国的"流动国土"究竟是怎样命名的呢?这些名字的背后,又有着怎样的故事?

1978年11月18日,海军正式颁布《海军舰艇命名条例》,对人民海军舰艇命名做出规范。往前追溯,那段特殊历史背景下人民海军所采用的舰艇命名方法,依然让今天的我们回味无穷。

1949年4月23日,划时代的旗帜在江苏泰州白马庙升起——中国人民解放军华东军区海军宣告诞生。当时,大家对已有的舰艇如何命名进行了讨论,有人提议用领袖和将军的人名,有人提议用战斗英雄的人名。毛主席听到议论后笑着说,历史是人民创造的,用人名不妥。我们的海军刚刚组建,现有的战舰是我们的海上

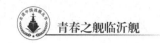

根据地,是星星之火。

在前文中我们也提到过,1949年9月19日,国民党海防第一舰队旗舰——"长治"号在上海吴淞口外起义编入人民海军序列,而后更名为"南昌"舰,其意不言而喻。

1950年4月23日,在南京江面举行的华东军区海军一周年生日庆典暨舰艇命名典礼上,由中央人民政府、中央人民政府人民革命军事委员会命名的人民海军第一批舰艇展示了崭新的舰容和舰名——"井冈山""南昌""延安""遵义""古田""兴国"……寓意以革命圣地的"星星之火"燎原祖国的"蓝色国土"。

抗美援朝战争结束后,中国政府决心加快人民海军的建设步伐。1953年6月4日,中国和苏联签订了"海军订货协定",从苏联进口部分战斗舰艇,其中包括4艘驱逐舰。

时任海军司令员萧劲光认为,这4艘舰艇虽然都是苏联二战时期战功卓著的战舰,但它们毕竟不是我们自己建造的。我国要自力更生、奋发图强,争取早日拥有自己设计建造的大型军舰。而这一切必须依靠强大的工业基础,因此,这4艘军舰的舰名定为当时中国的四大工业重镇——"鞍山""抚顺""长春""太原"。

为了便于实施领导指挥,开展国际交往,扩大政治影响,激发全体官兵爱祖国、爱舰艇的热情,1986年7月10日,海军对舰艇命名条例又做了补充和修改。

这次修改总的原则是:区别于国际上其他国家和地区的舰艇命名;区别于国内民用商用的船名;条理性强,便于记忆;字音清晰,不易相互混淆;名称响亮,富有含义;能够体现国家的尊严;能够体现中华民族悠久的历史和文化;能够经得起历史的考验,使用长久,在相当长时间内能够满足装备发展的需要。

条例规定,舰艇的舰名、舷号,是舰艇编入战斗序列时,由领导机关授予的部队番号和代号。具体命名规定是:巡洋舰以上由国务院特别命名;巡洋舰以行政省(区)或直辖市命名;驱逐舰以"大、中城市"命名;护卫舰以"中、小城市"命名;综合补给舰以"湖泊"命名;核潜艇以"长征"加序号命名;常规导弹潜艇以"远征"加序号命名;常规鱼雷潜艇以"长城"加序号命名;扫雷舰以"州"或"县"命名;猎潜艇以"县"命名;船坞登陆舰、坦克登陆舰均以"山"命名;步兵登陆舰以"河"命名;辅助舰船均以表明所在海区和性质的名称再加序号的形式命名。

我们所熟知的舰艇,多以省、市(州)、县、湖泊、高山为舰名,那么人民海军的战斗序列里,到底有没有用人名命名的舰艇?

还真有。用人名命名的舰艇,最出名的莫过于海军大连舰艇学院的郑和舰和世昌舰。

1987年4月,我国第一艘远洋航海训练舰在上海求新造船厂下水交付海军,归属大连舰艇学院,命名"郑和",舷号81。这艘现代化新型军舰,可单舰环球半圈无需加油。学员在这艘舰上,可同时进行航海、观通、机电、武备、船艺、医疗等40多个科目的实习训练。时隔10年,国防动员舰世昌舰也交付海军。

大家所熟知的竺可桢船、钱学森船、毕昇舰、华罗庚舰也以人名命名,这些人无一不是在中国历史上或者在新中国建设中做出巨大贡献的科学巨匠。以他们的名字命名,就是要纪念他们的丰

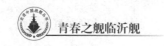

功伟绩,勉励后人。

在人民海军编制序列中,还有一艘极为特殊的舰船,其命名没有受到任何规则限制,也是迄今海军舰船中名字最长的舰船,那就是隶属于东海舰队的外交明星船——和平方舟医院船,其地位作用,读其名便可知。

(二)

一艘军舰的背后,凝结的是千万科研工作者、工业制造者和海军官兵的心血。那么,一个舰名的背后,又凝结了什么呢?很多时候,当我们品读一个舰名,不仅仅是在读一艘军舰的现在进行时,更是在读它和以它命名的那座城市积淀已久的厚重历史。从某种意义上来说,我们也是在品读中国军队的发展史。

现在,当我们揭开了海军舰艇命名规则的秘密,不妨再将镜头对准这样几艘舰艇——它们的名字沿用了三代。

在几十年的岁月更迭中,舰变了,魂却从未更改。

青岛,海军博物馆。

一个五六岁的小男孩正拉着爸爸的手跑向码头。"105?这是什么呀?"小男孩奶声奶气地问道。"这是退役的军舰,专门让我们参观的。"父亲回答。

小男孩所说的"105"正是这艘已经退役军舰的舷号。这艘舰,便是济南舰。

如今,很多网友知道的济南舰,舷号为152,是一艘新型的导弹驱逐舰。而沉寂在博物馆码头的这一艘,正是它的"前辈"——第二代济南舰。

在20世纪50年代末,我国开始导弹驱逐舰的研制工作,后因国民经济困难只保留了蒸汽动力装置的仿制等部分项目。1965年,研制工作重新全面展开。

我国第一代导弹驱逐舰首舰济南舰,1968年开始建造,1970年下水,1971年底列装,型号为051型,隶属于北海舰队。

济南舰的研制成功,标志着我国具备了自主研制大型水面舰艇的能力。济南舰航速快、航程远,对海火力强,装有三联舰舰导弹发射架、高参数大功率动力装置、舰用雷达等新设备。

之后,又陆续建成多艘051型舰以装备海军。事实证明,我国第一代导弹驱逐舰的设计和制造是成功的。1985年11月,一艘051型驱逐舰出访返航途中,在印度洋经历了5昼夜狂风巨浪的严峻考验。

20世纪80年代中期,我国对国产第一代驱逐舰进行了改装,科技水平和信息化程度显著提高。之后,开始在051型驱逐舰上进行舰载直升机系统的研制,随后试验获得成功,结束了我国战斗舰艇不能着落直升机的历史,为舰机协同执行远海作战任务开辟了新途径。

济南舰圆满完成了导弹、火炮等多种武器系统及舰载机系统、作战指挥系统等1400多项装备试验,被誉为"海军装备试验的开路先锋",并荣立集体一等功,曾多次执行太平洋远航、军事演习等重大战备训练任务,接待过朝鲜、柬埔寨等十余个国家高级军事代表团的访问。朱德、叶剑英等老一辈革命家都曾登上过济南舰。1979年8月，邓小平同志在济南舰上，为海军写下了"建立一支强大的具有现代战斗能力的海军"的题词。

与第二代济南舰相比，第一代济南舰的身世则曲折得多。

1945年，日本宣布无条件投降。1947年，日本挑选了一百多艘战后残存的舰艇，作为战争赔偿的一部分，赔偿给中国、英国、美国和苏联。按照协定，中国分得34艘舰艇，其中便有第一代济南舰的前身——日本1945年建造的海防舰194号。不过，海防194号舰还没来得及在海战中施展拳脚，就迎来了日本投降的消息。

1947年7月，投降的日本舰队抵达上海。一时间，黄浦江码头人头攒动，大家都高声欢呼着。

随后，海防194号编入国民党海军，更名为"威海"号。很快，"威海"号迎来了换羽重生。

1949年，渡江战役中，"威海"号上的国民党军拒绝与其他舰艇起义投诚，最终在解放军的炮火中成为被俘的战利品。稍加整修后，它配属给了刚刚成立的华东军区海军。1950年3月，命运多舛的"威海"号再次更名并迎来新生，第一代济南舰也自此诞生。

在服役20多年后，第一代济南舰完成了使命，最后作为靶船被击沉。

时光流转。2011年，山东省济南市郑重地将《济南市人民政府关于恳请重新命名济南舰的函》呈报海军，表达了济南人民急盼重新命名济南舰的心情和愿望。一年后，济南舰即将"复出"的消息成了那段时间山东省特别是济南市的新闻头条。

2015年7月,中国海军第20批护航编队济南舰抵达印度孟买港,开始为期4天的友好访问。这一天,距离最新一代济南舰入列仅不到一年。

最新一代的济南舰,舷号152,是我国自行研发的新一代导弹驱逐舰,最新的济南舰装备了我国自主研发的新型武器,具有较强的远程警戒探测和区域防空作战能力,享有"中华神盾"的美誉。

(三)

《新闻联播》刚结束,孙超峰的手机就响了。

"电视里说的是你们舰,我看见你了!"电话那头,孙超峰的妈妈特别兴奋。

"那么多人,你咋看到我的?"

"合影时,最黑的那个肯定是你!"

孙超峰不再说话,只是开心地和远在河南老家的妈妈一起笑。

此时此刻,在长沙舰水兵餐厅里,许多人都在接听来自家人的电话。在刚刚播放的《新闻联播》里,全国人民都看到了这样的消息:中央军委在南海海域隆重举行海上阅兵,习主席检阅部队并发表重要讲话。

舷号为"173"的长沙舰,正是当天的检阅舰!

那一天,是2018年4月12日。

那一天,入列仅3年的长沙舰"火"了,成了中国海军战舰家族中的"青春网红"。

翻开中国海军战舰家族的相册,在"长沙舰"这一页我们看到3艘舰艇——

1949年6月,人民海军接收侵华日军的第118号海防舰,这艘军舰属于日本丁型海防舰,被赔偿给国民政府后一直处于闲置状态。第二年海军建军节,人民海军正式将其命名为"长沙"号护卫舰。1975年6月,第一代长沙舰退役,改装为靶船。

第二代长沙舰是国产051型导弹驱逐舰,服役33年后,赴海军某导弹武器试验场,成为反舰导弹试验靶船。现在服役于南海舰队某驱逐舰支队的第三代长沙舰,是海军最新一代导弹驱逐舰,入列仅3年,却在世界舞台上留下一行行中国海军的时代航迹。

长沙舰也是为数不多的传承了三代的英雄舰。第一代和第二代长沙舰都在退役之后被改装为靶船,用自己的"粉身碎骨"铺就了人民海军走向深蓝的道路。三代长沙舰,见证了中国海军从无到有、从小到大、由弱变强的成长道路,见证了中国海军实战化训练的"蹄疾步稳"。

如今,在互联网上搜索"长沙舰",出现最多的是南海大阅兵。而如果你足够细心,便能从新闻中拼出这艘年轻舰艇的深蓝航迹——

2017年和2018年,长沙舰连续两年作为指挥舰驶向远海,在中国南海、东印度洋、西太平洋等海域都留下了航迹。

2018年5月,在刚刚结束南海大阅兵不久,长沙舰又与导弹护卫舰柳州舰组成舰艇编队,代表中国海军赴印度尼西亚龙目岛附近海域,参加"科莫多-2018"多国联合演习。这也是长沙舰首次走出国门与外军联演。此时,距离它入列服役,刚刚过去3年时间。

都说一名合格的狙击手是子弹喂出来的,一名成熟的飞行员是飞行时间累积出来的。同样,一艘优秀的战斗舰艇,需要闯过一次次风浪,穿越一个个海峡,驶过一片片海域,完成一项项任务,才能升级为响当当的"实力派"。

长沙舰,正在从"拉高速"向"实力派"靠拢。

与济南舰、长沙舰有着相似经历的,还有海军广州舰。

第二次世界大战结束后,英国开始抛售剩余物资,其中包括"城堡"级的部分舰船。这些舰船起先被转让给了加拿大海军,随后加拿大海军又将其中的5艘卖给了当时的国民党政府。虽然这几艘舰在世界海军的舞台上微不足道,但对于那时的中国来说,能拥有这样的舰艇已经十分难得。

抗战胜利之初,这5艘珍贵的军舰并没有马上担负起海军的职责,而是被用作沿海客轮,用来弥补当时天津到上海的航运不足。其中的3艘舰交由国营招商局营运,相继更名为"锡麟"号、"秋瑾"号、"元培"号。

1950年初,成立不久的人民海军对元培舰进行了升级改装,并在海军一周岁生日的那一天,正式更名为广州舰,成为华东军区海军第六舰队旗舰。抗美援朝战争结束后,人民海军开始积极参与到争夺东南沿海制海权的作战中。在解放沿海岛屿的战斗中,第一代广州舰多次作为主力披挂上阵。特别是在1954年,第一代广州舰迎战国民党海军以"信阳"号驱逐舰为首的驱护舰群,并一发命中"信阳"号驱逐舰,打出了新生的人民海军军威。

第一代广州舰在20世纪70年代退役,第二代广州舰很快接过了接力棒。广州造船厂建造的051型导弹驱逐舰首舰便是第二代广州舰,该型舰是我国自行设计建造的第一代国产导弹驱逐舰。2004年,第三代广州舰正式入列,继续服役于海军南海舰队。

(四)

现在,我们再次把视线投向我们的主角——临沂舰,回望那段记录着军民生死与共、水乳交融、血脉相连的红色历史。

"人人那个都说哎沂蒙山好,沂蒙那个山上哎好风光,青山那个绿水哎多好看,风吹那个草低哎见牛羊……"

电影《长津湖》中,胡军饰演的"雷公",这名性格耿直、有情有义的老兵在紧要关头,义无反顾地驾驶着载有滚烫标识弹的车,向着敌军阵营而去……牺牲前,"雷公"哼唱了两句《沂蒙山小调》,当熟悉的音乐缓缓响起时,无数山东人瞬间破防,忍不住流下泪水。

"雷公"的真实姓名叫雷睢生,在电影里的身份是穿插7连的炮排排长,老家是山东临沂人。他的形象正是沂蒙人民的生动缩影。长期的革命和建设实践深刻印证,在困难和挑战面前,沂蒙人民总有一股攻坚克难的拼劲、勇往直前的闯劲。

巍巍蒙山下,汤汤沂水滨。"沂蒙"一词并非古已有之,而是抗日战争初期形成的一个人文地理概念和革命区域称谓。"沂蒙"之称,始于时任中共苏鲁豫皖边区省委书记郭洪涛1938年5月30日致毛泽东、张闻天的一封电报,其中列述了选择和创建"沂蒙山区根据地"的五条理由,这是最早的"沂蒙"称谓。

从毛泽东和党中央1938年做出"派兵去山东"的决策开始,沂蒙就成为山东乃至后来整个华东的党政军首脑机关所在地。刘少奇、陈毅等老一辈无产阶级革命家都曾在这里战斗过。全国第一个省级抗日民主政权——山东省战时工作推行委员会,第一个省政府——山东省政府,先后在这里成立。以沂蒙为中心,山东从中国革命的舞台上迅速崛起。人人都说沂蒙红,说起沂蒙就动情。曾亲自为"沂蒙六姐妹"命名的陈毅元帅,后来在回首沂蒙烽火岁月时激动地说:"我进了棺材也忘不了沂蒙山人,他们用小米供养了革命,用小车把革命推过了长江。"

作为中国版图上的红色坐标,作为沂蒙精神的发祥地,沂蒙早已超越了地理概念,而成为一种浓郁的红色标签、文化符号和精神力量。在沂蒙这片红色热土地上,诞生了无数可歌可泣的英雄儿女,他们历经血与火的淬炼,以"最后一口粮,做军粮;最后一块布,做军装;最后一个儿子,送战场"的无私奉献,用自己的鲜血和生命诠释着"水乳交融,生死与共"的沂蒙精神,书写了军民血肉相连、共同奋战的壮丽篇章,将革命一程又一程地推向胜利。

在曾经硝烟弥漫的战场上,在曾经敌后危难的坚守与抗争中,在毅然挺身支前的顽强与奉献里,有这样一群可爱可敬的人——"沂蒙红嫂",用她们质朴的情意、血肉的身躯,铸造出了属于她们、属于新中国、更属于所有中国人民的辉煌历史。

沂蒙红嫂明德英用乳汁救伤员的故事,是最具代表性、最广为流传的红嫂事迹之一。1941年11月，一名八路军小战士在突围中身负重伤，并被日军紧紧追杀。这时，明德英正抱着不满周岁的孩子坐在路边，她机智地救下了这位小战士并把他藏到一座空坟里。面对小战士因流血过多和极度缺水而奄奄一息的状态，明德英毅然解开衣襟，用自己的乳汁救活了这位生命垂危的小战士。战士得救了，但明德英心爱的孩子却被前来搜捕的日军摔成重伤，成了痴呆儿。1943年，她又从日军的枪林弹雨中抢救出八路军山东纵队军医处13岁的看护员庄新民。

根据明德英救护八路军战士的情节，著名作家刘知侠于1961年创作了当时极为轰动的短篇小说《红嫂》。后来又被改编为现代京剧《红嫂》、芭蕾舞剧《沂蒙颂》等。沂蒙红嫂用乳汁救伤员的故事随之传遍全国，家喻户晓，明德英也被公认为沂蒙红嫂的生活原型，赢得了人们的敬重和爱戴。更令人感怀的是，解放后，明德英仍不忘爱党爱军，先后把儿子、女儿、孙子等送入子弟兵行列。

"沂蒙六姐妹"，是生动践行"军民生死与共"沂蒙精神内涵的英雄群体。1947年的莱芜战役和孟良崮战役期间，蒙阴县烟庄村六位支前女英模，主动把村里的妇女儿童组织起来，为部队运送弹药24箱、筹集军马草料3万斤、洗军衣8000多件、做军鞋500多双、运柴火500多斤、烙煎饼15万斤。她们曾连续劳作两天两夜，把5000多斤粮食加工成煎饼送到部队。在战斗打得最激烈的时候，她们又往前线运送弹药。一箱弹药有150斤重，一人扛不动，她们就两人抬一箱，冒着枪林弹雨，翻越20多里的崎岖山路，一直坚持把弹药以最快的速度送到前方的炮兵阵地。1947年6月10

日,《鲁中大众》报以《妇女支前拥军样样好》为题报道了她们的模范事迹,并第一次称她们为"沂蒙英雄六姐妹",从此这一团队美名远扬,她们是:张玉梅、伊廷珍、杨桂英、伊淑英、冀贞兰、公方莲。

据不完全统计,从抗日战争到解放战争,沂蒙红嫂几乎承担了作战部队所有的后勤工作,共做了315万双军鞋、122万件军衣,碾米碾面11716万斤,动员参军参战20万人,救护病员6万人,掩护革命战士9.4万人,瓦解敌方近10万人。

沂蒙红嫂是沂蒙山区的骄傲和光荣,是千千万万沂蒙老区人民支持革命、献身革命、爱党爱军的群体形象。在那斗争形势极为严酷、物质条件极端艰苦的年代里,为了抗击敌人、消灭敌人,夺取抗日战争和解放战争全面、彻底的胜利,沂蒙红嫂们在中国共产党的领导下,进行了艰苦卓绝的斗争,付出了巨大的牺牲,她们用青春和热血谱写了一曲曲英勇悲壮的动人乐章。

"蒙山高,沂水长,红嫂恩,永不忘。"

时光流逝,当年的"红嫂"已渐渐故去,但沂蒙儿女的故事仍被久久传唱,军民水乳交融、生死与共铸就的沂蒙精神更是历久弥新,焕发出新的光芒。

八百里沂蒙好风光,山山水水都是歌。静静的沂河水一路向南汇流入海,流淌着沂蒙精神血液的临沂舰劈波斩浪驶向深蓝。从沂河岸畔到黄海之滨,"临沂"这个共同的名字把劈波斩浪的军舰和一座有着深厚红色文化的拥军城紧紧连在一起。

电影《红海行动》的热映,每一位临沂人的内心无不深感震撼与骄傲。是的,"临沂舰",她的名字能够出现在电影里,绝非偶然,这是一艘满载着爱与希望的军舰,她代表的是军民鱼水交融,她象征着祖国母亲所能够给予她的孩子最真切的保护与温暖。

"在村里,我们举办了一个'辉煌中国'展览,把《红海行动》的主角'临沂舰'做成一个专题,循环播放。这是临沂人的荣誉。'临沂舰'敢打必胜的精神将一直激励着我们不断奋斗,为全面建成小康社会、共同实现中国梦努力奋斗。"全国优秀共产党员、时代楷模王传喜为自己的家乡舰感到骄傲。

新的时代条件下,临沂市大力发扬沂蒙精神,在临沂这片红色热土上续写新的拥军篇章。每逢春节、八一等重大节日,临沂市委、市政府都会成立拥军慰问团,登上临沂舰走访慰问。

张腾作为临沂舰上的首批舰员,见证了临沂舰与临沂市结下的深厚军民情谊。多年前,看到临沂舰靠泊码头后哨兵在露天站岗执勤,临沂市的双拥部门送来一座可移动式岗亭,让哨兵们执勤时免受风吹日晒;得知舰上转运物资大多靠官兵肩扛手抱,临沂的爱心企业给他们量身定作了一部舰载可拆卸小吊车……

沂蒙老区人民把暖心的关爱和奉献铸入临沂舰,临沂舰官兵用无上的光荣与梦想回报"第二故乡"——

接舰伊始,首批舰员就在"沂蒙精神"的激励下打赢了一场场硬仗:在入列不久的对抗比武中,临沂舰攻潜组获得搜攻潜团体第一,一举打破猎潜艇部队多年来对该专业比武金牌的"垄断";在随后的多国海上联合演习中,临沂舰对空拦截百发百中,让外军同行刮目相看;参加海军竞赛性比武考核,取得"海鹰杯"第一名,"战神杯""生命杯"第二名的优异成绩……

利刃出鞘,从黄海到地中海、从渤海湾到亚丁湾、从太平洋到印度洋,年轻的临沂舰经受了一个又一个考验。7年多来,临沂舰官兵把"沂蒙精神"与"忠诚、精武、能战"的舰魂一起融入血脉,铁心向党、苦练精兵,圆满完成重大任务40余项,航迹遍布三大洋,先后被评为全国"拥政爱民模范单位"、全军"先进基层党组织"、山东省"基层双拥创建模范单位"。

在临沂舰,关注临沂市的发展,心系临沂市人民的幸福,是舰员们的一种行为自觉。翻开临沂舰舰员们制作的"爱心簿",临沭县青云镇、沂南县蒲汪镇、莒南县大店镇等多个贫困乡镇的学生受到资助,上面密密麻麻写满了大家的捐款金额和日期。舰党委专门设立了"临沂舰爱心助学金",据不完全统计,该舰先后有500余人次参与爱心助学捐款,目前,已捐款帮扶50余名寒门学子继续求学,累计助学金7万余元。此外,临沂舰先后出访靠泊10个国家的12座港口,每次上岸,舰上官兵都会向国外友人、华人华侨发放临沂城市宣传手册、知名企业介绍卡等,向世界人民打开了一扇了解临沂的窗口,扩大临沂这座商贸之城的国际知名度。

时光流转,变幻的是风云,不变的是红色基因。临沂舰是沂蒙精神和所在支队先锋精神交汇融合的见证者,更是军民鱼水情延续发展的传承者。2019年8月1日,人民海军"我的家乡我的舰"主题宣传活动在北部战区海军某驱逐舰支队临沂舰拉开序幕。"就因为共同拥有一个名字——'临沂',我们就拥有了一个相同的使命话题——强国强军。"时任临沂舰政委赵井冬的总结发言,道出了战舰与城市共同的"初心"。

◎远眺临沂舰(代宗锋 摄)

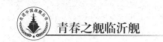

　　如果山也有梦想,那么,海就是山的希望;如果海也有所期,那么,山就是海的后盾。新时代的沂蒙儿女与光荣的海军官兵,正勇往直前、不断进取,发扬军爱民、民拥军的光荣传统,必将凝聚起同心逐梦、共创未来的磅礴伟力。

　　八百里沂蒙,看万山红遍。群力谁能御?齐心石可穿。

第四章
临沂舰的灿烂青春

入列10年来,临沂舰总航程20余万海里,年均海上执行任务时间超过200天,曾创造所在支队舰艇年度出海315天执行演训和战备任务的纪录,圆满完成亚丁湾护航、也门撤侨、中俄联演、南海阅兵等重大任务40余项,荣获了多项荣誉。

第四章 临沂舰的灿烂青春

电影《红海行动》开始播放前,郭燕一再跟妈妈说"看了千万别哭"。可是,临沂舰的画面一出现,郭燕的妈妈还是红了眼眶。看到后续情节紧张处,她的眼泪更是控制不住地往下淌。

"那是我距离战争最近的一次。"对于电影中的情节,郭燕再熟悉不过。这部电影改编自2015年海军第19批护航编队赴也门撤离中外公民这一真实事件。临沂舰是当时停靠也门港口实施撤侨行动的首艘战舰,而郭燕是临沂舰的一名报务兵。

执行这次撤侨任务时,郭燕刚度过自己25岁生日。临沂舰才入列2年零4个月,被网友称为战舰中的"少年"。如今,十年过去,无论是临沂舰,还是舰上的官兵,都由"翩翩少年"成长为年富力强的"青年",都正值"青春年华"。也正是这种青春的力量,驱动战舰在大洋上驶出一道又一道灿烂航迹。

◎朝气蓬勃的临沂舰(代宗锋 摄)

入列10年来,临沂舰总航程20余万海里,年均海上执行任务时间超过200天,曾创造所在支队舰艇年度出海315天执行演训和战备任务的纪录,圆满完成亚丁湾护航、也门撤侨、中俄联演、南海阅兵等重大任务40余项,荣获了多项荣誉。

新一轮演习如期展开,海上对抗惊心动魄。报务兵郭燕坚守战位,在各个按钮之间运指如飞,灵活调整电台工作频率……

临沂舰在首轮对抗比武中获胜,郭燕的脸上又露出那种自信而温暖的微笑。对于她和战友们来说,照片上的青春固然灿烂,而战位上的青春更显军人本色。

(一)

前甲板主炮发出"轰"的一声闷响,整艘战舰都在震颤。这一刻,报务班班长王蕾感觉热血在胸腔里涌动。

报务班战位在舰体内部舱室,保障临沂舰全舰作战信息的快速畅通。在演习中,他们最先接收到射击命令,也最先获知"击中目标"的战果,但从没有亲眼见过主炮射击。他们只能从弥漫整个船舱的硝烟味,以及接连不断的巨响和震颤中,来感受实弹射击的震撼场面。

在临沂舰,这种热血的感觉,就是青春的底色。

"新舰就该朝气蓬勃。追求极致,这是我们这艘战舰'新青年'的锐气!"在时任舰长张广耀看来,年轻的临沂舰要啃就啃最硬的骨头,要打就打最难拼的仗。

2012年,临沂舰尚未出厂,官兵们边培训、边试航、边训练,制订完善全舰部署方案47项、操演计划130项。官兵们一同蹲战位、查图纸、学装备,虚心向各厂所工人师傅请教。在战舰试航期间,舰员便开始独立操作装备。

临沂舰入列不到3个月,官兵们就完成一科目基础训练,入列仅9个月即通过全训考核……

在青春热血的浇铸下,一柄海上利刃开始初露锋芒——

入列不久,对抗比武中,临沂舰攻潜组获得搜攻潜团体第一,一举打破猎潜艇部队多年来对该专业比武金牌的"垄断"地位;

入列未满半年,临沂舰在执行某实弹射击任务中,成功发射导弹5枚,创造了海军同型舰新纪录;

在随后的多国海上联合演习中,临沂舰对空拦截百发百中,锚地防御更是反应迅速,让外军同行刮目相看……

2018年,临沂舰参加海军竞赛性比武考核,取得"海鹰杯"第一名,"战神杯""生命杯"第二名。

在网络世界,网友将临沂舰称为航母辽宁舰的"带刀侍卫"。品味这个名字,临沂舰就像一个风度翩翩、青春豪情的侠客,陪伴航母辽宁舰一道仗剑走天涯。

航母辽宁舰比临沂舰早入列3个月。每次辽宁舰出航,几乎都有临沂舰伴随左右保驾护航。

临沂舰航海长李宾至今仍然清晰地记得,自己第一次远远地看到舰载战斗机从航母甲板上起飞时的激动心情。

南海大阅兵,李宾和战友们在临沂舰甲板列队接受检阅。回忆当时的情景，李宾内心热血涌动，为海军战斗力建设的巨大进步而深感自豪。

青春的热血、军人的热血，是战舰驰骋大洋最好的"能量"。

至今，舱段区队长刘晓东还清晰地记得出访美澳新时的那一幕——

停靠新西兰港口，临沂舰举行舰艇开放日活动。从早到晚，前来参观的人络绎不绝。直到活动临近结束，码头上等待参观的人还排着长长的队伍。

一位高龄老人坐在轮椅上，被他的亲人抬上了甲板。看着威武的临沂舰，老人满眼含泪道："终于见到祖国的战舰，终于见到祖国的亲人了！"

舰上的官兵们看到这一幕，心潮澎湃。报效祖国的青春热血与思念祖国的深情碰撞，让临沂舰官兵对祖国的理解更深了一层。

（二）

李宾口中的"出访美澳新"，是临沂舰入列仅1年就执行的重大任务。

2013年8月20日9时，由人民海军导弹驱逐舰青岛舰、导弹护卫舰临沂舰和综合补给舰洪泽湖舰组成的舰艇编队，携带直升机1架，随舰出访官兵680余人，从青岛某军港起航，踏上了访问美国、澳大利亚、新西兰三国的航程。

此次出访，历时76天，航程19000余海里。途中，2次跨越国际日期变更线,横跨6个时区,2次穿越赤道。先后访问了美国夏威夷珍珠港、澳大利亚纽卡斯尔港和新西兰奥克兰港,其间与美国海军举行了海上联合搜救演习,参加了东盟防长扩大会议海上安全专家组实兵演练和"军舰进驻悉尼港100周年"国际海上阅兵。访问期间,青岛舰举办了3次甲板招待会,中外官兵相互参观了舰艇;编队先后5次组织舰艇开放,接待当地民众和华人华侨2万余人。

回眸历史,1985年11月17日的《解放军报》一版刊登了这样一则消息:由海军132导弹驱逐舰、X615远洋油水综合补给舰组成的海军编队,今天中午驶离吴淞码头,应邀赴巴基斯坦、斯里兰卡、孟加拉国进行友好访问,这是我海军舰只第一次正式出访。

就在消息刊登的前一天上午,上海吴淞某军港13号码头,出访编队官兵精神抖擞,整齐列队。11时25分,出访编队司令员宣布命令:海军友好访问编队启航!一声长笛响彻港口,两艘舰解缆启航。人民海军首次出访的序幕由此拉开,人民海军历史上的多个首次也由此开启——

1985年11月29日,上海外滩,悦耳的钟声敲响5下。同一时刻,出访编队的舰钟指向了3,下午3时。这个时刻,永远印刻在中国海军的历史上,这是人民海军舰艇首次进入了印度洋。八一电影制片厂摄影师杨子模随编队出访,边拍摄边赞叹:"了不起,真了不起!"时任X615舰枪帆兵的陈小七在多年后回忆起那一刻,仍激动不已:"我觉得能成为首批进入印度洋的中国水兵是我一生的骄傲,因为我们是开辟新航程的人。"

也是在这次远航中,中国海军舰艇编队实现首次纵向补给。

对于今天的中国海军来说,横向补给、纵向补给、垂直补给等方式早已不是什么新闻,但对于首次出访的海军编队,实现纵向补给的确是令人激动的突破。

1986年1月4日下午,胜利返航的中国海军舰艇编队进入中国南海海域。下午4点,海面上狂风大作,掀起滔天巨浪,当时的记录显示,那一天海况恶劣至极,阵风最大11级,浪高超过8米,涌长100多米。

一位参与出访任务的亲历者曾经在回忆录中这样描写当时的场景:

> 军舰每前进一步,都要付出极其艰苦的努力。两万吨级的X615舰,摇晃得使人站不住脚,巨浪不时地覆盖住十几米高的驾驶台。舰艉也常常被巨涌高高托起,螺旋桨挂空挡,打空转,老海军心里都十分明白,这不是好兆头。在一旁的132舰也好不到哪里去,时而舰艏全部扎进海里,时而被浪峰托出水面,连平时看不到的球鼻艏也冒了出来。一吨半重的铁锚,被狂浪打上了甲板;雷达被吹歪,上层建筑出现了9处裂缝,舰体不时发出撕心裂肺的"嘎嘎"声响,让人毛骨悚然……

面对如此恶劣的海况,编队指挥员下令:修订航线,直插海南岛。

镜头再次推回那时的南海,这样的海况,即便是放到今天,航海经验再丰富的老水手也绝不敢掉以轻心,更何况是首次闯大洋的中国海军。"两舰像蜗牛一样,以3.5节的航速向祖国开进着。"后来,有参加任务的海军官兵回忆了当时的一个细节,那时,海军已经给家里人下了通知,告知家人编队在海上遇到了情况,做好最坏打算。

到了1986年1月7日,编队指挥所接到了132舰请求补给的请示。那时,132舰的干粮、油料、淡水等都所剩无几。再不进行补给,不仅用油有危险,舰艇的稳定性也会大大降低。偏偏在此时,国际航海通报,就在编队所处海域不远处,刚有中国台湾和印尼2艘万吨货轮相继沉没。

面对着如此巨大的航行压力,中国海军的编队指挥员再一次拿出了魄力,担起了责任:立即给132舰补油。

当天下午,纵向补给开始。X615舰从舰艉放出浮标和输油管接头,同时,132舰也做好了捞浮标的准备。突然,一个巨浪拍了过来,巨大的水花狠狠地砸在132舰上,一名抱着保险带的水兵摔倒,幸亏抓住了旁边的大锁,才没被卷进海里。可是,舰上的5副保险带却被海水卷走了。

指挥室的时钟"滴答、滴答"地走着,每一声都像是敲击在指挥员心脏上的鼓点。

15分钟过去了,132舰没有捞起浮标。又一个15分钟过去了,浮标仍然随着波浪上下翻动。舰上组织了10多名"敢死队员",他们将尼龙绳一头捆在自己身上,另一头绑在缆车上,在风浪中沉浮了半个小时,终于捞到了浮标,把输油管接头拉上了甲板。

两个小时,X615舰为132舰输油数百吨。"132舰像喝足了奶水

的婴儿,顿时安稳多了。"

这是人民海军历史上第一次在如此恶劣的海况中成功地进行纵向补给。

今天,当我们将海军编队首次出访与临沂舰出访美澳新放在一起,便会清晰直观地看到人民海军的大发展。曾经,我们的舰船怀揣着深蓝梦想勇闯大洋,那一个个"首次"的背后,记录的是人民海军起点的艰难与无畏的勇气。如今,我们的舰艇编队早已迈开挺进深蓝的脚步,一艘入列仅一年的舰艇便可以担此重任,这背后彰显的是体现在人民海军身上的"中国速度"与海军官兵越来越开放自信的心态。

(三)

一次夜航中,航海长张建波作为航行值更官,坐在临沂舰驾驶室的指挥椅上,指挥战舰灵活避开商船、暗礁,快速向目标海域前进。

以往航行值更官主要充当"传令兵"的角色,航行指挥还是依靠舰长和副舰长。如今,经过严格训练和考评,临沂舰上一批少校甚至上尉级别的年轻值更官具备了独立操纵舰艇能力。舰长、副舰长可以有更多的时间和精力研究作战问题。

2015年,正在护航的临沂舰官兵从电视上看到了也门战乱和侨民被困的新闻。闻战而备,有的舰员开始调试相关装备,确保临沂舰能以最佳状态应对紧急救援等突发情况。受领任务后,全舰迅即赶赴也门,边航行边进行相关准备。

从接收指令到完成航渡准备,临沂舰全体官兵只用了一夜。在最短的时间内,临沂舰航海部门迅速梳理好各港口之间的联系,制订好计划航线。

时任临沂舰航海长黄晓飞回忆当时舰员们的迫切心情:"一人干两份活,一夜完成了五天工作量,我们只有一个念头,拼尽全力也要确保任务圆满完成!"

在执行第19批护航任务过程中,欧盟465编队指挥官访问了临沂舰。

2015年1月30日上午,正在执行第19批护航任务的海军临沂舰与意大利海军"多利亚"舰在亚丁湾西部海域会合。随后,欧盟465特混护航编队指挥官吉多兰多少将一行7人乘坐"多利亚"舰舰载直升机登上临沂舰。

在交流座谈中,我海军护航编队指挥员对吉多兰多的来访表示欢迎,并高度评价了欧盟护航舰艇为维护亚丁湾、索马里海域的海上安全所发挥的重要作用和取得的实际成效。

2008年底,亚丁湾、索马里海域的护航队伍中,正式有了中国海军编队的伟岸身影。从那时起,中国海军护航编队就与欧盟465特混护航编队进行了多次指挥员海上互访,还互派了观察员相互学习,双方在亚丁湾、索马里海域始终保持了良好的合作关系与友好交往。

当天的电视新闻里,还播出了吉多兰多少将对中国海军的评价。他说,中国海军护航编队组织了高水准、负责任的护航行动,使过往的中外商船得到了安全保护。他表示，欧盟465特混护航编队愿意与中国海军护航编队开展有效合作，共同维护过往亚丁湾、索马里海域的船舶和人员的安全。

临沂舰技师关振营对那一次外国护航编队指挥员的到访印象深刻。

关振营是临沂舰的首批舰员，从2012年2月组建接舰部队时他就在其中。他见证了临沂舰从"婴儿"到"青年"的全过程，特别是接舰时的点点滴滴——大到设备性能参数把关、机柜摆放位置，小到螺钉朝向、油漆作业过界等，关振营和战友们天天追着工人落实整改，到后来，工人师傅见到他们就头疼，总说没见过哪个单位像他们这样早就来监工。但是他们的细致认真，也让船厂的工人师傅们竖起佩服的大拇指。

"正是因为我们始终保持着这种能吃苦、负责任的作风和态度，才让临沂舰成为现在的临沂舰，才能在国际舞台上得到同行的认可。"关振营骄傲地说。

青春有担当，担当让青春更灿烂，临沂舰在大洋上的实战化脚步铿锵有力。

此刻，在远海大洋，一场海上搜攻潜训练悄然打响。本就复杂的海况又遭遇大风浪天气，使"敌我"双方态势变得更加扑朔迷离。

"成功捕获！"声呐兵李建伟迅速捕获目标，临沂舰随即展开攻击。

"有杂波，加强辨认！"临沂舰班长张连凯闭上眼睛，细细辨听耳机里传来的声音。突然，一丝金属回音跳进他的耳麦。

临沂舰再次"猎鲨"成功,张连凯不经意间嘴角上扬。这就是"青春"战舰上年轻官兵的招牌表情。

(四)

在临沂舰上,有一面墙是上舰参观的"必打卡之地"。这面墙上,挂着满满的纪念牌和舰徽,都是临沂舰在执行重大任务时与世界各国交流的见证。

时任临沂舰政委赵井冬对这些纪念牌如数家珍,他骄傲地介绍:"这面墙上挂的,都是我们临沂舰在第19批护航之后,出访一些国家相互赠送的纪念品。你看,这有演习的、临时停靠的、技术停靠的,这是世界海军一种特色的交往方式。"接着,他指了指下面的两块:"这两个是与俄罗斯进行军事交流时,俄罗斯黑海舰队'敏捷'号护卫舰赠送的舰徽,这个是2015年我们与俄罗斯开展中俄'海上联合-2015'演习时相互交流赠送的……"

2015年,对于入列仅三年的临沂舰来说,的确是极其忙碌的一年。那一年,除了执行举世瞩目的也门撤侨任务,临沂舰还参加中俄"海上联合-2015"军事演习。

2015年的"海上联合"演习首次分阶段举行。当年5月11日至21日,中俄两国海军在地中海海域进行了第一阶段演习,演习主题是维护远海航行安全,根据当时的新闻报道,演习的主要科目内容包括海上防御、海上补给、护航行动、保证航运安全联合行动和实际使用武器演练。根据演习任务需要,中俄双方共派出9艘水面舰艇参演。此外，为执行海上护航、解救被劫持船舶、搜救等非传统海上安全任务，双方还派出直升机、特战分队等参演。

2015年8月23日至28日为演习第二阶段，在彼得大帝湾海域、克列尔卡角沿岸地区和日本海海空域进行。在实兵演习阶段，中国海军舰艇部队和空军航空兵部队将首次联袂在境外参加军事演习。中国空军4架作战飞机将首次从中国机场起飞，经俄罗斯海空域到达演习区域。

时任临沂舰机电部门动力分队长的张文瀚刚上舰不久，"海上联合2015-Ⅱ"是他参加的第一次远航任务。

那时，临沂舰刚完成第19批护航任务归建，很快，他们就接到上级命令，和115舰北上参加中俄联演任务。张文瀚既兴奋又紧张，自己不仅能分配到这样的"明星舰"，而且一来就能参加这么重大的任务。可是张文瀚那时基本上没怎么出过海，开心之余又充满对于晕船、不适应等问题的担忧。

2015年8月15日，参演编队出发前往海参崴。这段航程里风平浪静，但四班倒的连续值更却使张文瀚的生物钟开始混乱，没过几天，就感到很疲惫。张文瀚不断告诉自己："坚持坚持，以后的军旅生涯中这就是常态，习惯就好了。那么多老班长和新战士们都看着自己，不能怂！"

第一段航程结束后，编队抵达海参崴。靠港后，重归陆地的喜悦与充满俄式风情的城市，让张文瀚的心情一下子明亮起来，他悄悄在本子上写下了这样的感受："都说当海军，看世界。今天这个梦想实现了，但我知道这才是我的第一步。"

第四章 临沂舰的灿烂青春

同样的场景也发生在2019年5月。那时,临沂舰刚刚参加了"庆祝人民海军成立70周年多国海军活动",来不及进行休整,又转入了中俄"海上联演-2019"的紧张备战中。

临沂舰对海部门主炮火控兵王军凯认真对所属装备进行仔细的调试。这个小伙子虽然年轻,但却已有丰富的经验,他知道,任何时候装备的一丝问题都可能会造成不可挽回的后果。实弹射击前,王军凯和战友们对可能发生的突发事故进行了系统归纳总结和分析判断,为万分之一的可能发生做一万分的必要应对。

最令王军凯印象深刻的是"海盗袭扰"的特情应对。那天晚上11点多,海面上一片漆黑,临沂舰主炮控制室内,王军凯正在当更。

一阵困意袭来,王军凯"腾"地站了起来,像条件反射一样抱起旁边的水杯猛灌了几口凉白开,然后开始做转转胳膊、扭扭脖子动作。事后,王军凯回忆起那天晚上的场景并没有觉得多么特别,这是他和许多战友们都知道、都会做的"通用做法"。"作为武备当更,你身负全体舰员的安全保障责任,也许因为你的一个不经意而让熟睡的战友陷入极度危险当中。"

这时,电话铃声响起。"右舷发现疑似目标向我接近!"

一下子,王军凯和战友像是瞬间拉满的弓箭,做好了接收目标指示、协调火炮进行抗击的准备。临沂舰扩音器里传出了战斗警报的短促铃声,全舰飞快地动了起来,几十秒全舰进入了一级作战准备状态。那晚演习结束后,王军凯看到了这样的场景:战位上,有的战友光着脚,有的穿着拖鞋,有的人头发乱得像是一捧杂草,上一秒还在熟睡的他们,在听到战斗警报响起的那一瞬间,都迅速奔向战位,按照规程做好战斗准备,眼中满是兴奋和战意。

2019年年底,临沂舰举行"我与战舰共成长"海军临沂舰入列七周年征文活动。王军凯积极报名参加,在他的文章里记录了当年参加"海上联合-2019"的所见所闻,所思所感。在文章的最后他这样写道:"现在有人认为,战争离自己很远。但事实告诉我们,我们并不是生在一个和平的年代,只是生在了一个和平的国家。居安而思危,日常的战备教育告诉我们:国际形势异常复杂严峻,并不排除在日常战备巡逻时卷入战场的可能,身为军人的我们不能置身事外。虽然在心理上我们做好了应对战争的准备,但我们应该在平时的专业学习和装备使用修理上下足功夫学习。装备、专业是我们立足的根本,容不得一点马虎和考虑不周。所以,我会在我的专业和装备上吃透、吃精,立足岗位实现自身的价值所在。"

(五)

在2019年2月举行的国防部例行记者会上,国防部新闻发言人发布的一则消息引爆网络:今年是中华人民共和国成立70周年,今年4月23日是中国人民解放军海军成立70周年纪念日。经中央军委批准,届时将在中国山东青岛举行中国人民解放军海军成立70周年多国海军活动,国防部将适时发布相关信息。

一时间,不少网友开始隔着电脑屏幕"排兵布阵",猜测会有哪些明星舰艇亮相。答案,在4月的青岛揭晓。

2019年海军节来临之前,青岛的公交车司机隋福恒在车厢内悬挂起海军军旗,他是一位在海军服役了16年的老兵,在有着"海军之城"称呼的青岛,老兵打算用这种方式表达对海军的深厚感情,也庆祝人民海军成立70周年。

4月的青岛,为迎八方宾客,"人民海军忠于党,舰行万里不迷航""人民海军向前进,胜利航程党指引"……中英文对照的彩旗、横幅挂满了青岛的车站、码头,带有海军70周年庆祝元素的雕塑、旗帜随处可见。很快,来自61个国家的海军代表团,以及13国的18艘军舰云集青岛。

盛大的军乐表演、以"构建海洋命运共同体"为主题的多国海军活动高层研讨会,那几天都被挂在网络热搜上。青岛,也在那一年因为人民海军成为"网红城市"。

4月23日,一场规模空前、精彩纷呈的新时代海上大阅兵,把人民海军70岁生日庆典推向高潮,那一天的"热搜"被人民海军"霸榜"。首艘航母辽宁舰、"呼伦湖"号大型快速支援舰、亚丁湾护航首舰武汉舰、首赴外港撤侨的临沂舰、和平使者"和平方舟"号医院船……苍茫海天间,中国人民解放军海军32艘舰艇、39架战机,分别编为6个群、10个梯队,依次接受检阅,让人热血沸腾。

这是海军临沂舰第二次参加海上大阅兵。一年前,2018年4月12日上午,中央军委在南海海域隆重举行海上阅兵。人民海军48艘战舰、76架战机、10000余名官兵接受检阅!这是新中国历史上规模最大的海上阅兵,是新时代人民海军的豪迈亮相!

◎临沂舰接受检阅(代宗锋 摄)

当时,海军临沂舰就在海上的钢铁洪流之中。仅仅一年之后,这艘明星舰艇再一次以受阅姿态出现在公众视野。而两次受阅的殊荣,也让临沂舰官兵倍感荣耀。

临沂舰士兵杨少轩本已休假离队,得知全舰在准备人民海军成立70周年海上阅兵任务,特别是他去年参加过的阅兵任务,所以他一点没犹豫,便踏上了返回青岛的高铁。

虽然杨少轩有受阅经历、有基础,但参加站坡训练之初,总感觉自身状态不佳、训练效果不好。杨少轩意识到必须想办法调整状态,这次任务规格如此之高,不能因为自己而拉低整体水平,影响了临沂舰的"面貌"。从开始的重点加强练习军姿、敬礼、摆头动作,到逐人、逐细节纠正,后来再到各部位的协同训练,提高了队列的整齐度。

临沂舰班长苏峰辉对受阅之前的"魔鬼式"训练记忆深刻。前期,苏峰辉和战友们不断攻克动作孤僻的难题,一令一动,反反复复,练成只要一听到口令,不用细想,身体就能跟着动的肌肉记忆。最让苏峰辉感动的,是时任临沂舰政委赵井冬,他一个人纠正上百号人的孤僻动作,一个一个审、一个一个过。动作关过了,还有口号关。"恨不得自己的嘴巴就是个扩音器!"苏峰辉开玩笑地说。

20天的训练转瞬即逝,阅兵当天,战舰威武排列,官兵精神高昂,临沂舰作为护卫舰排头静静地等待着检阅的开始。

"同志们好!"

"主席好!"

"同志们辛苦了!"

"为人民服务!"

亲切问候和铿锵回答在海天间回响。这是一幅令人血脉偾张的海天画卷,是一支给人以信心、给人以力量的交响曲,更是人民海军大力发展实战化的一次成果展!

这些年来,在蔚蓝的大洋之上,中国海军的曝光度越来越高,实战化的航迹也越来越远。

东出第一岛链、南下印度洋、西行亚丁湾……中国海军兵力运用逐渐多元化、远洋化、常态化。吸引外界关注的,除了中国海军走向深蓝"频率"的加快,还有"频道"的转换——2013年"机动-5号"海上演习硝烟还未散尽,英国《简氏防务周刊》就发文称:"这次演习最让外界关注的不是新装备的集中亮相,而是中国海军展示出的全新训练模式。"

党的十八大以来,海军加快推进由近海防御型向近海防御与远海护卫型相结合的战略转型,舰机部队一次次突破岛链,大洋砺剑,训练兵力向协同作战编组拓展,训练海域向远海大洋延伸,训练方式向实战背景下体系对抗拓展,走出了一条战训融合、远海练兵之路:

"体系练兵"背靠背对抗成常态——连续12年组织复杂电磁环境下战法训练演练,深化反潜、反水雷、对抗空战、陆战队跨区训练、立体夺控岛礁等系列演训,大幅提升了部队实战化能力。

"出岛链"远海训练成常态——不断加大远海训练力度,组织"机动"系列远海实兵对抗演习,先后有数百艘次舰艇、百余架次飞机出岛链远海训练。

"海上维权"战备巡逻成常态——持续强化对当面海区的管控,构建形成了梯次分布、远近结合、海空协同的战备巡逻体系。平均每年组织战备巡逻舰艇数百艘次、飞机数百架次,跟踪监视外军舰艇数百艘次、飞机数百架次,基本实现了对重要海域的常态化管控。

南海舰队某驱逐舰支队曾在2017年公布过这样一组数据:2016年退役的老式驱逐舰服役30多年,累计航程17万海里,年平均出海仅30天,航程不足6000海里;而入列仅3年的某新型驱逐舰,年平均出海200余天,每年航程都超过了3万海里。

透过数据,我们仿佛能看到中国海军战舰乘风破浪的威武身影。这一切,正是中国海军实战化训练的有力"注脚"。

◎临沂舰舰机协同训练(蓝明磊 摄)

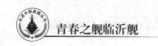

（六）

在那次面向舰员家属的舰艇开放日，报务班班长王蕾的未婚妻也受邀登上临沂舰。

从2012年2月临沂舰组建开始，王蕾就来到这里，绝对算是临沂舰"元老"。在王蕾眼中，临沂舰——这艘充满阳刚之气的钢铁战舰，其实更像自己温馨的家。他从"22岁，爬出青春的沼泽"，到三十而立成家立业，从年轻气盛到稳重成熟，都与临沂舰这个"家"有着密不可分的关系。

2012年11月，临沂舰入列命名授旗仪式上，帅气的王蕾担任护旗兵。为了保证良好的军人姿态，让自己"看起来更帅气"，王蕾只穿着单薄的水兵服训练。有一回训练时，遇上了南下的寒潮。冷冷的北风将王蕾从外到里吹了个透心凉，当晚回去，王蕾就病倒了。炊事班的战友端来特地为他煮的白米粥，王蕾边喝粥边抹着鼻涕说："谢谢班长！放心，咱这身板儿就是为了抗大风浪而生的！"第二天，王蕾又一次顶着寒风、揣着一包擤鼻涕纸站在了甲板上。

举行入列仪式那天，王蕾和另一名护旗兵在舰长、政委的带领下，昂首挺胸、踢着正步，领受了属于临沂舰的军旗和命名证书，亲眼见证了547舰正式在人民海军战舰家族拥有了自己的名字。那一瞬间，王蕾强忍着不让激动的眼泪掉下来，可是"心脏早就怦怦直跳"。

和临沂舰这个"家"牢牢绑定的这些年，王蕾经历了人生中的许许多多第一次，而且是以前想都不会想到的美好的第一次。撤侨、联演、阅兵,这些让人听到都会"哇"一声的词汇同时加持到了王蕾身上,让他觉得"值了"!

2016年,王蕾回家休假时,认识了现在的妻子。经历了两年聚少离多,2018年,两人决定结婚。可是,问题来了:因为任务关系,两人的婚期一推再推,王蕾也没时间正式地进行一次求婚。

临沂舰领导得知情况后,决定为这位临沂舰的"元老"策划一场求婚仪式。

国庆节,王蕾妻子来队探亲。临沂舰官兵提前行动了起来,环节策划、场地布置,一样都不差。那一天,王蕾妻子走到后甲板,她看到四周挂满了彩旗和气球,王蕾手捧鲜花,单膝跪在直升机停机坪上。舰上广播开始播报王蕾对未婚妻的爱情宣言……

幸福的泪水瞬间从她的眼眶涌了出来。她被王蕾的深情感动,也被舰员们的热情和朴实感染,更为临沂舰这艘铁血战舰所展现出的"铁汉柔情"震撼。在她心里,这是最浪漫的求婚仪式。这场求婚仪式,也开了临沂舰为单个舰员举办求婚仪式的先河。

面对领导和战友们的深情祝福,王蕾激动地说:"这次求婚仪式,不只让我和我妻子铭记一生,同时也使我更加坚定了保卫国家、献身使命的决心。因为只有国家领土完整、安全,我们的小家才能够幸福、美满。作为海军一员,我会尽最大努力来保卫我们的国家。"

在时任临沂舰政委赵井冬看来,时代变了,关心舰员的方式也要不断创新、与时俱进,"战舰也有自己的浪漫与温情"。他说:"舰员们在这里度过军旅生涯中的日日夜夜。战舰是流动的国土,也是舰员的第二个'家',爱国就要从爱'家'开始。"

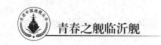

在临沂舰反潜部门声呐兵赵俊杰眼中,这个"家"还是在不断变化的。

赵俊杰记得,刚来临沂舰时,最让他头疼的就是在码头值班。一年四季都要面对海边的潮气,到了夏天,要面对炎热和蚊虫的叮咬,到了冬天,要面对寒冷和狂风。

临沂舰领导敏锐地意识到了这个问题,很快给战士们配备了岗亭。"这简直是值班人员的福音。"看着崭新的岗亭,赵俊杰开心地说,"现在值班,没了后顾之忧,心里都是暖暖的,用一句话来形容'无论狂风暴雨有多么猛烈,我们都会保卫舰艇安全'。"

除了温暖的岗亭,晚班后的夜餐也让赵俊杰印象深刻:"以前晚上下了更后,只能用热水泡碗方便面。可是一到冬天,泡面的水不一会儿就凉了。现在,舰上配备了微波炉,下更之后,可以拿着炊事班分的鸡蛋,放在微波炉'叮'一下,吃了热腾腾的面,全身都暖和!"

临沂舰班长孙阳也是最早上舰的舰员之一。他永远都记得2012年7月20日,他与8名战友一起从青岛出发,前往广州黄埔造船厂,由此开始了舰艇兵生涯。

驻修之初,孙阳上了舰感觉像进了迷宫,晕头转向,"有几次竟然在自家的舰艇上迷了路"。一个月后,孙阳逐渐了解了舰艇结构和舱室分布,各种工作也都慢慢得心应手起来。

在逐渐适应舰艇生活的同时,孙阳还被各种新奇的知识刷新着认知:他知道了舰上人员众多,却缺一不可,因为每个人都有不同的部署、负责不同的岗位;他知道了舰艇在海上抛锚时,一根小小的锚链就能让几千吨的庞然大物乖乖地待在原地;他知道了看

第四章 临沂舰的灿烂青春

似稳稳停靠在码头的舰艇,在每天的潮涨潮落中会"上蹿下跳"好几次……孙阳像个懵懂的孩童一样,在不断汲取新知识的同时,也在陪伴战舰慢慢成长。

日子一天天地过着,送走了来时的盛夏,迎来了南方的初冬。就在当年11月份,孙阳和战友们完成了黄埔造船厂的接船工作,准备起航返回青岛。从没有随战舰出过海的孙阳无比激动:"终于等到你,从今天起,我就要正式迈上征服大海的征程了!"

然而事实证明,flag立得还是太早了。就在返航第二天,前一天还在扬言要征服大海的孙阳就被大海彻彻底底地征服了。虽然之前对舰艇生活的诸多不易早有耳闻,但直到被晃得吐到七荤八素后,才真真切切地体会到了置身于茫茫大海的自己有多么渺小与无力。"幸运的是,我虽然被暂时击倒了,但是没有被吓怕,爬起来又是一条好汉。"

坚强的意志力给了孙阳一个奇迹,打那次之后,他几乎没有再出现过严重的晕船。也是打那开始,他的心中多了几分对大海的敬畏,也更加理解海军前辈们的艰辛不易。

孙阳刚接舰时,洗澡算是件麻烦事。因为热水有固定的供应时间,春夏秋三季还好,一到冬天搞完体能全身都是汗,但却没法洗澡。孙阳虽然也是第一回上军舰,但是作为首批舰员,他总会宽慰后来的新战友:"咱这条件比过去的老舰艇可好太多了!以前的舰艇,驾驶室都没有玻璃!"其实,孙阳也没见过过去的舰艇究竟长啥样,他只是把从新闻里看到的照片和文字默默记了下来,激励自己,也激励战友。

◎临沂舰靠泊港口(代宗锋　摄)

"家"的建设,总是在"家长"和"家人们"的共同努力下不断完善的。那年刚入冬,临沂舰上每天都有热水供应,搞完体能的官兵们再也不用顶着一身臭汗战巡值班了。

不仅仅这些,临沂舰上还慢慢配齐了全新的洗衣机、电视机、跑步机、冰淇淋机、制冰机。在炎炎夏日吃上一个冰淇淋,喝上一碗冰镇绿豆汤,别说有多惬意了。

临沂舰保障设施翻天覆地的变化,让孙阳和战友们无比开心:"真是家里具备的,咱舰艇也丝毫不差!"

(七)

"临沂舰哪里去了?"这两年,临沂舰似乎从公众视野里"消失"了。

"我们专心干了一件事,给航母辽宁舰当'带刀护卫'。"聊起这个话题时,时任临沂舰舰长张广耀冷静克制的表情开始有了变化。

"我们是最懂辽宁舰的一艘舰。"张广耀几乎是一口气,以一种排比的方式揭秘了临沂舰这两年的神秘航迹:"辽宁舰第一次实弹射击时,我们在它的身旁;辽宁舰第一次远海训练时,我们是航母编队中的一员;歼-15第一次夜间着舰时,我们是它们降落航母的基准舰……"

眼前的这位舰长虽然不习惯自己"高调",但绝不允许任何质疑临沂舰的声音。

"辽宁舰成长的每一个关键节点,我们都在。"话语斩钉截铁,难怪张广耀的搭档、时任临沂舰政委赵井冬说他是一个"特别有决断力的人"。

这位在临沂舰上快速成长起来的舰长,跟随临沂舰出色完成了中俄联演、亚丁湾护航、也门撤侨等40余项重大任务。

这些广为人知的故事,张广耀不打算重复讲述,而是试图提炼总结:"我们正驶在一片前所未有的'开阔水域',很多时候都在'全速前进'。"

速度有多快?临沂舰"大事记"清晰记录了他们"全速前进"的航迹——

入列不到3个月,完成一科目基础训练;入列未满半年,成功发射导弹5枚,创造了海军同型舰新纪录;入列仅9个月,通过全训考核……

都说四十不惑,即将迎来40岁生日的张广耀越来越坚信自己的判断:新时代就是这片前所未有的"开阔水域","全速前进"的不仅是他们,整个海军都在开足马力"全速前进"着。

从小痴迷军事的张广耀,中学时课桌底下压的是一张英国"无敌"号轻型航母图片。多年之后成为临沂舰舰长,他才知道,临沂舰前身与"无敌"号来自同一个国家——

英国海军著名的"花"级反潜护卫舰"苜蓿"号,在二战结束后先是被卖往香港做商船,接着被人民海军购回抢修改装,命名为"临沂"号护卫舰……

个人记忆与历史进程的交织叠合背后,是中国海军与世界强国海军实实在在的"时间差"。在整整一代人的成长过程中,中国海军的发展就如同这个国家的发展一样,开始了让世界惊讶的加速追赶。

第四章 临沂舰的灿烂青春

◎临沂舰时任舰长张光耀正在驾驶室指挥（代宗锋　摄）

在世界目光里，这片"开阔水域"迎来越来越多新型战舰的身影。"过气网红"不断让位"新晋网红"，已成为中国海军快速发展征程上再寻常不过的风景。

"足够的水深，才能托得起来这么多现代化军舰；足够开阔的水面，才能容得下我们这一代舰长鱼跃般的成长。"这位出生于1979年、伴随着改革开放大潮成长起来的海军舰长，有着对时代直觉般的敏锐洞察。

他6岁时就跟着父亲出远门,这位农家子弟从军校毕业后一度认为自己"干到副团就到头了",未承想迎面遇上新型战舰井喷的时代。尤其是当上舰长之后,带领舰员研究练兵打仗的纯粹时光让他着迷,并源源不断给他注入雄心和信心。

"我们面前的'水域'足够开阔,能有多大作为,取决于你自己想有多大作为。"他说,"现在,我对未来有无限憧憬。"

(八)

如果不是休假回家,张广耀还不会知道,自己竟然说梦话,还说得那么清晰。

爱人告诉他,休假7天,头三天他都在说梦话。那些清晰的梦话里,一个反复出现的词是"抓紧时间"……

2016年,张广耀接替高克,成为临沂舰第二任舰长。尽管他已是舰上名副其实的"老人",但紧张焦虑仍在第一时间攫住了他——此刻,他得证明自己配得上这艘舰和老舰长的盛名。

盛名之下,战战兢兢。最初的日子里,张广耀连做梦都在适应临沂舰舰长这个角色。

"我在适应这个岗位,这个岗位也在适应我。"张广耀不断提醒自己,"再不能像以前一样等着别人下命令了,自己就是下命令的那个人。"

梦境和梦话是突然有一天消失的,那一天来得比张广耀预想的要快。因为他很快意识到,最大的压力不是来自这艘舰的盛名,而是来自内心深处对本领的恐慌。

在张广耀看来，入列服役7年的临沂舰，"就像一个男孩的青春期暴长，个头已经长起来了，但还要长肌肉、长思想、长见识、长文化"。

那一年中外联演期间，一位外军将军受邀登上临沂舰参观，留言写道："这是一艘整洁的、漂亮的、舒适的战舰。"

"他绕开了所有关于战斗力的字眼。"张广耀觉得这句留言刺眼极了。几天后，他到美国海军"伊利湖"号巡洋舰上参观时，受到的震撼不亚于那句留言，也明白了人家为何要那样留言。

"百年海军不是一句虚言，在很多方面，我们必须承认差距。"弄清楚了这一点，张广耀不再焦虑，决心"让自己做得更好一点，和这艘舰一起快速成长"。

"我会做得更好吗？"每当这样问自己的时候，张广耀仿佛又回到少年时代。

从小喜欢冒险的他，曾尝试着从漂浮在海边的小渔船底下穿过，尝试着躺在芙蓉树的树杈上仰面往下掉，还曾在同学的注视下，跳到刚刚挖好的棺材坑中⋯⋯

从小到大，他最不怕的就是自己和自己较劲："我很好胜，我不服的不是输，是我明明能做到，但我却没有做到。"

某种意义上，成为舰长的他，仍像当年那个喜欢冒险的少年一样，不愿待在"安全舒适区"。他总觉得临沂舰最佳的状态还远没有到来。他深信，所谓成长，原本就是不断突破临界的过程——"一艘军舰的遗憾和一个人的遗憾是一样的，就是老了还不知道自己究竟能跳多高。"

◎临沂舰时任舰长张广耀(代宗锋 摄)

尽管张广耀一再强调"风险可控",但骨子里的冒险性格总是时不时诱惑着他,催生着也固化着他敢于担当、敢于尝试、敢于探索的可贵品格。

这种品格,在为临沂舰不断赢来新荣誉的同时,也在为这艘舰注入新的气质。

"我们不惧怕任何对手!"张广耀说,一艘战舰一定要有胆气和血性,就像他和搭档赵井冬那句共同的口头禅:"专治各种不服——即使是拉歌,我们也要争第一。"

(九)

过去的生活和训练,总是反复在张广耀现在的生活里显现威力。

1999年,张广耀参加了国庆五十周年首都大阅兵。作为海军大连舰艇学院阅兵方队十二排面的基准兵,他从日复一日成千上万次的动作中,体会到7个字的人生真谛:"坚持、忍耐、高标准。"

这段经历,给张广耀带来的丰富体验此后将不时浮现,也理所当然成为他当舰长的重要养分。

"坚持是一种态度,更是一种能力。"他深信,即使资质和能力并不是很强的人,只要足够坚持,积累的能量就了不得。

小时候,张广耀和爷爷奶奶一起住。赶集时,看上一双鞋,他就会反复在奶奶面前唠叨这双鞋,直到奶奶烦得把钱塞给他,让他赶紧去买。

在张广耀身上,还有让人更为惊讶的例子——他和女同桌坚持了12年的恋爱长跑,终成眷属。

从1998年考入军校算起,张广耀坚持了18年,其中10年时间扎在舰上,实现了当舰长的梦想。

有时候,坚持和忍耐同为一体。临沂舰入列7年来,年均海上执行任务时间超过200天,最多的一年出海时间达到了315天。

任务强度大,张广耀治舰标准丝毫不降。在他看来,依法治军,法即标准。

虽然回家少,但他专门为女儿制定了11条"军规"。一次全家吃饭,他和女儿定好规矩:不许弄洒米饭,弄洒了就打屁股。结果,女儿还是洒了。女儿怕打屁股,连忙说:"我错了,我错了。"爷爷奶奶解围:"知错就好,吃饭吧。"张广耀不为所动,坚持打了女儿屁股。从那以后,女儿知道了:定好的规矩必须执行。

治舰,如治家。"孩子的成长取决于习惯养成,一艘战舰的战斗力也取决于习惯养成。" 张广耀认为,好的舰风,"每一分钟都应该被好的养成填满"。

他常对舰员们说:"我这个舰长也是一代代老舰长一锤子一锤子敲打出来的。为了你们的成长,我也要敲打你们。"

眼下,网上关于"996"的加班模式讨论正热。张广耀认为,军人没有讨论的前提。"我们不是雇佣军,为这个国家和人民守更,是义务,更是本分。"

他喜欢舰上用"更"来称谓很多岗位:值更官、瞭望更……"我们是为祖国值更的人,哪一天、哪一夜、哪一更,都得坚守,不能分神。"

这些年，张广耀休假回家的次数屈指可数。参与了一艘战舰成长的他，缺席了爱人的生产，缺席了两个孩子的成长，缺席了家里太多重要时刻。

善于在工作中找"最优解"的他，最大困惑是尚未找到陪伴家人与为国服役的"最优解"。

家与国，这个普通人不会刻意思考的话题，却是张广耀需要面对的常态命题。他的最大武器，是家人的理解支持与彼此的坚守忍耐，以及舰长这一角色所特有的使命感为自己注入的力量。

张广耀和搭档赵井冬有一个共识：现在真正是大浪淘沙的时代，"只有真正有信仰的人、真正热爱这身军装的人，才能受得了这个强度、吃得了这份苦"。

"时代在淘汰人、塑造人，也在挑选人。"那天已是半夜时分，采访临结束的时候，张广耀突然冒出这句话："没有负重，怎么可能有很多机遇？你看，许多机遇都在等着有能力、有定力的人呢。"

（十）

舰上的官兵守护着陆上的人，而远方的亲人也时刻牵挂着舰员们。

由于时间紧、任务多、担子重，临沂舰舰员多数时间都航行在远海大洋，执行各种演训和战备任务。

每当有舰员家属在家属微信群分享有关临沂舰的新闻报道，大家总会第一时间庆贺，偶尔还会上演一场"斗图"大赛。

◎临沂舰护送商船(熊利兵 摄)

那一个个微信表情的背后,是家属们对舰员最直接的支持,更是对他们一同经历的青春最佳的注释。

临沂舰的航迹不断延伸,满载着祖国亲人的爱,传递着友好和平的爱。

在张广耀看来,临沂舰的经历并不是"唯一"。临沂舰服役这十年,也是中国海军发展最快的十年。随着中国海军走出去的步伐不断加快,使命任务不断拓展,任何一艘中国海军的舰艇都有机会在远海大洋执行重大任务。年轻的临沂舰所经历的快速成长,早已成为海军舰艇部队的常态。

>>> 第五章
首任舰长高克:海上猛张飞

穿越战火,毫发无损。临沂舰是最早抵达也门交战区执行撤离任务的外国军舰。指挥撤离行动的是临沂舰首任舰长——高克。

"高克激情满怀,胸中总怀一团火!"随临沂舰远航221天的第19批护航编队政委这样评价:有灵气,很硬气,一身英雄气!

"舰长就是我们的主心骨!"临沂舰官兵不约而同地表达同一个观点。在他们眼中,这位总是留着板寸头的山东汉子,"时刻都在想着打仗的事"。

这是中国海军首次动用军舰直接靠泊外国港口撤离中国同胞和外国人员。

2015年3月29日,处于一级战备部署状态的人民海军临沂舰第一次抵近也门亚丁港,港口附近炮声隆隆,枪声不断,硝烟弥漫。

此后的10天时间,临沂舰三进三出也门交战区,将163名中国同胞以及13个国家269名人员安全护送至吉布提,圆满完成撤离任务。

穿越战火,毫发无损。临沂舰是最早抵达也门交战区执行撤离任务的外国军舰。指挥撤离行动的是临沂舰首任舰长——高克。

"高克激情满怀,胸中总怀一团火!"随临沂舰远航221天的第19批护航编队政委这样评价:有灵气,很硬气,一身英雄气!

"舰长就是我们的主心骨!"临沂舰官兵不约而同地表达同一个观点。在他们眼中,这位总是留着板寸头的山东汉子,"时刻都在想着打仗的事"。

只有把准备打仗的功夫下在平时,才能在关键时刻拉得出、顶得上。在高克的带领下,训练有素的"80后""90后"临沂舰官兵,经受战火硝烟的洗礼,交出了一份份优秀的答卷。

(一)

2012年11月,临沂舰正式入列。高克是这艘新型导弹护卫舰的首任舰长。

◎临沂舰首任舰长高克下达紧急战斗指令（熊利兵 摄）

在英雄辈出的北海舰队某驱逐舰支队,临沂舰声名鹊起,创下多项纪录:入列仅9个月,临沂舰成为支队历史上通过全训考核用时最短的舰艇;发射导弹5枚,创造了海军同型舰入列时间最短、一次实射导弹最多的纪录;在舰队第六届专业技术比武中,获得搜攻潜团体第一,一举打破猎潜艇部队几年来在该专业的"垄断"……

与临沂舰闪光的深蓝航迹交相辉映的,是舰长高克令人称羡的荣誉:毕业任职第5年,被评为"全军优秀地方大学生干部";任机关参谋,被评为"全军优秀参谋";担任舰长,被评为"海军训练标兵""海军十杰青年";支队同期毕业的学员中,他第一个担任航海长,第一个担任舰长……

要知道,临沂舰所在支队是海军第一支驱逐舰部队,组建以来,涌现出"海上先锋舰"等一批有重大影响的先进典型。要在这样有着厚重历史的优秀团队中脱颖而出,谈何容易?

拿破仑有句名言:一只狮子率领一群绵羊,可以打败一只绵羊率领的一群狮子。高克却说,要是一只狮子带领一群狮子呢?高克把赶超的目标瞄准更高的"横杆"。

考验从到工厂接舰开始。舰员来自18个单位,近90%的人员没接触过新装备,官兵能力素质有差别,如何保证接舰质量?如何打牢官兵专业基础?如何达到出厂能战的目标?……

这位历经基层、机关多岗位锻炼,先后在5艘军舰上任职的年轻舰长,把多年积累的经验倾注在临沂舰上。

已经参与两艘该型舰艇接舰工作的高克有自己的思路:高标准、"笨"办法、新理念,接一艘质量过硬的战舰,带一支能打胜仗的部队。

向质量要战斗力,越是科技含量高的装备,越需要拿战斗力这个硬杠杠卡,越需要严格的标准和一丝不苟的作风。有人说,在高克眼里,临沂舰就是他的"命根子",谁要在这方面糊弄他,肯定行不通!

确实如此,接舰任务中,高克显得"事儿特多"——

他要求每天交班,每周例会,汇报舰艇施工进度、梳理存在问题、提出改进建议,雷打不动;

他要求无论时间早晚,所有部位只要有工人施工就必须有舰员跟班作业,实时掌握建造进度和质量;

他组织官兵对照《海军舰艇装备检查千分制标准》,对全舰所有装备进行检查,不达标的必须拿出整改方案,规定整改时限;

……

工厂的工人一肚子苦水:"没见过这么较真的舰长。"接舰期间,临沂舰共提出优化改进意见5490项,保证了舰艇建造质量。接舰返航时,舰队发电通报表扬:"打造了一艘性能优良、质量可靠的精品战舰,高标准、高质量地完成接舰任务。"

好剑在手,还得有舞剑之人。没有过硬的本领,再好的装备也只能是摆设。深知此理的高克,带头向这座科技"城堡"发起冲锋。

学习没有捷径,只能靠"笨"办法。他们建立了与工厂同步的作息制度,白天跟着工人学装备原理;开设了水兵夜校,晚上安排干部教基础理论。装备结构不熟,他带着人一条管路一条管路去摸,一幅图纸一幅图纸去画,再把自己画出来的结构说明和图纸与厂家提供的标准说明书"对表",非得把装备构造弄个明明白白;排故能力不强,他和技术骨干赴厂家院所上门求教,结合试验试航,跟班学习故障排除和装备修理,并将修复过程详细记录,编写装备维修手册。

他还经常到各个专业"插班"听课,对专业的熟悉程度甚至比一些部门长还要高。在他的书柜里,摆放着与临沂舰有关的所有专业书籍和技术说明,他说:"搞训练,不能随意下命令、定标准,自己得懂大纲、懂专业,这样才能训得明白、抓得扎实。"

临沂舰出厂前进行武器装备试验,高克向厂家技术人员发问:"弹道气象条件对弹着散布有什么影响?速射炮的冷膛现象怎么克服?"技术人员虽顺利完成作答,但对这位精于专业的舰长竖起了大拇指。

面对赞扬,高克仍忧心忡忡:接舰时间紧张,要达到出厂能战的目标,还得用点新办法。于是,他对内挖资源,组织舰员到同型在航舰艇参观,开展座谈交流,多渠道获取其他舰艇建造的经验和不足,以人之长补己之短;外派练技术,积极外派舰员参加同型舰艇的训练演习任务,学习观摩实际使用武器装备,积累实操经验;同步抓训练,装备实验一次,训练跟进一步,作战系统实验前,高克集中一周多时间进行操演,熟练掌握了集中和委托指挥下的武器使用和各方面作战指挥。

效果显而易见,临沂舰平台航行试验第5天,舰员已能独立进行备航,第7天开始完全自主进行航行操纵;试航期间,临沂舰完成一科目操纵训练内容的65%。在此基础上,高克带领舰员制定完善全舰部署47个,操演计划130个,3个月内完成一科目基础训练和个人独操考核,入列仅9个月临沂舰就通过全训考核。这样的"高速度",至今在该支队还是一项纪录。

时任临沂舰机电长蔡炜总会在临沂舰的"角角落落"与高克"邂逅"。"全舰大小战位百十来个,舰长几乎每天都会从上到下进行全面检查巡视,不论是舱面的还是底舱的。"

蔡炜还记得,临沂舰在进行接舰和舰艇全训期间,高克总是带着舰上的各个部门长、有经验的老士官们开会讨论,推敲方案,一干干到凌晨两三点是常有的事。"一起蹲战位,查图纸,熟悉装备,舰长还会像个学生一样,追着工厂的师傅请教问题。"

丛志鹏在临沂舰组建时任反潜指挥班区队长。有一回,丛志鹏正带着几名战士在操控室操作装备,高克来了。"好巧不巧,输弹机就在那时候出故障了!"丛志鹏和战友们的心一下子提到了嗓子眼,紧张的气氛瞬间蔓延开来。

"不要慌!"高克声音沉稳,"别紧张,咱们按照操作规程一步一步来。"

接下来的几个小时,高克一直陪在丛志鹏身边,递扳手,递抹布,看着他们把装备拆卸,再看着他们把装备组装好。故障排除,大家相互看看,都是一身汗水一脸灰。

"走!中午多吃几块肉!"高克笑着拍拍丛志鹏的肩膀。

临沂舰入列后,高克把打仗当主业,依据新大纲能力认证的要求,创新实施挂牌上岗机制,分专业和岗位每季度进行理论和实操考核,合格方能上岗。

（二）

"打造一流战舰、带出一流舰员。"高克把远海大洋当作砥砺人才的"淬剑池"。

军人，身处和平但不能远离硝烟。作为一名优秀军事指挥员，高克浑身透着股硝烟味。他带的部队作风过硬，任务越艰巨越迎难而上；只争第一，对手越强大越敢超越。

作风反映战斗力。高克常说："作风硬，百折不挠；作风散，不打自垮！"

2014年，支队组织成立60周年系列活动，队列会操是其中的重头戏，各个单位都憋着一股劲。当时，临沂舰正处在护航准备最紧张的时期。方案拟定、装备改进让舰员忙得"焦头烂额"，很多人没把会操当回事。

一天清晨，高克站在驾驶室耳桥上看见出操的战士稀稀拉拉，声如雷响："停，部队集合！"他快步走上码头，脸色铁青，大吼："会操，比的是形象，是作风。就这样练，你们是打临沂舰自己的脸，输自己的气！"舰员个个脸上火辣辣的。从那之后，高克再没为会操训练操过心。早、中、晚，每天干完改装工程，各部门长带战士自己加练，有的衣服上还沾着油漆，有的只穿着胶鞋。但无论多累，临沂舰的战士都比着干，比着练。

高克向来凡事争第一，他说："既然干，就得干得最好。"2013年，临沂舰被舰队评为"从严治军一级单位"，同年在上级组织的装备检查中获得第一名。入列不到3年，共完成2名舰副长全训考核和4名舰副长独操考核，16名部门长完成全训考核，培养合格作战值更官7名，航行值更官15名，人才不断涌现。

古来战场无亚军。高克凡事都要争第一，比武考核、实弹射击，他要求"临沂舰绝不当第二名"。

2013年，舰队举行第六届专业技术比武，当时临沂舰只完成一科目考核，实力较之同时参赛的另外2艘舰艇有一定差距。但高克心里憋着一股劲："加班加点，苦练精练，一定要把第一的锦旗扛回来！"

为了节省攻击时间，他自己研究缩短声呐兵上报口令的方法；为了更准确选择攻击阵位，他和反潜长刘玥明反复练习对表查找数据。一次，刘玥明略显得意地说，根据往年比武标准，现在临沂舰攻击范围缩小到10米误差，可以拿到好名次。高克一听火了："10米只能算上靶，我要的是正中靶心。"

那次比武，临沂舰以1米的误差取得了第一名，一举打破猎潜艇部队几年来在该专业的"垄断"。支队领导站在舷梯口提前祝贺："严兵严训，虎将一名，利剑一柄！"

在同年4月组织的某实弹射击任务中，临沂舰再夺"头彩"——发射导弹5枚，创造了海军同型舰入列时间最短、实射导弹最多的纪录。

在亚丁湾，高克紧抓护航这一时机锤炼官兵远海机动作战能力。搜攻潜、实弹射击、综合攻防、损管操演……循环往复的护航线上，临沂舰的战斗警报不绝于耳，仅反海盗演练一项就操演近百次。

第五章 首任舰长高克:海上猛张飞

损管训练,是舰艇受损舰员自救的一种基础训练。一次,临沂舰组织损管训练,警报发出不到1分钟,就有舰员拿起损管器材往舰艇破损处猛冲,后续赶到的损管队员也都按"常规"动作展开部署。

现场督战的高克当即喊停:"破损直径多大?火势多大?没有对现场受损情况进行快速评估,直接往里面冲简直是在送死!"

为了提高舰员损管训练水平,高克跟大家重新讨论训练方案,规范前后损管队集合时间、穿戴防火服时限、舰艇受损情况判定……每一个细节具体到人,细化到秒。仅穿戴防火服一项,高克带领机电干部先练,把时间缩短了近1分钟。

从严组训,严出来的是战斗力;实战练兵,练出来的是真功夫。护航途中,高克带领舰员制订完善全舰部署47个,操演计划130个,3个月内完成一科目基础训练和个人独操考核。

张俊明是临沂舰上的一名年轻战士。刚到临沂舰时,高克沉着冷静、坚忍刚毅的性格就让他印象深刻。日子长了,张俊明发现,舰长高克不仅是个"拼命三郎",还是个"全能通"。

一次,张俊明正在值班,突然在舰艏方向发现了外舰的雷达信号。张俊明马上将情况报告给了作战值更官,并报告给了正在驾驶室值班的高克。

张俊明紧盯着一点一点晃动的信号。这时,值班电话响了起来。电话那头传来高克严厉的声音。

"通过什么判定的?"

听着高克严肃的语气,张俊明和值更官顿时一惊,你看看我,

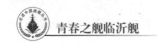

我看看你,两人都是一脸紧张。张俊明皱起眉头,又仔仔细细看了一次屏幕,轻轻朝值更官点了点头,确信信息无误。

"报告舰长,通过电子战信号!"

"什么信号?"高克继续严厉地反问道。

"对海警戒雷达信号!"

"什么雷达?"

"XXXX型对海雷达。"

"频率多少?"

"XXXX……"

高克连珠炮似的发问,使作战室空气都变得异常紧张。张俊明心里不停地打鼓:"难道是我误判了?要不然,舰长咋问得这么细!"

问答结束,高克的语气缓和了下来:"不错,你们判断的情况是准确的。继续加强观察!"

张俊明和值更官长出一口气。原来,高克早就对各型雷达及用途了然于胸,之所以问得这么细,就是为了检验一下舰员的专业水平。

得知情况的张俊明不由得感叹,全舰大小专业几十个,而外军舰船雷达型号更多,高克竟然了解得如此透彻,着实让人敬佩不已。

高克还有一个好习惯——在做完当天的工作以后,晚上都会整理当天的工作笔记。值班期间,特别是刚开始值班的新号手遇到不懂的问题,高克都会不厌其烦地一一耐心解答。丛志鹏每次去驾驶室时都会经过高克的房间,几乎每次都会看到高克不是在看书学习,就是在跟骨干舰员讨论护航方案。"所以,也门撤侨,同胞们看见我们就踏实,我们看见高舰长就踏实!"

高克喜欢凡事争第一。带部队,他从细节抓养成,制作的《基层工作简表》涵盖军事、政工、装备、行管、后勤五大类,让工作样样有规可依,有矩可循;抓保养,他按照标准一项项对、一样样查,保证装备运转良好、可靠顶用;抓训练,他坚持从难从严、按纲施训,打牢战斗力生成根基。

成绩是最好的证明:临沂舰入列不到3年,培养海军技术能手4人,合格作战值更官7名、航行值更官15名,完成4名舰副长独操考核、2名舰副长和16名部门长全训考核,向上级机关和兄弟单位输送干部骨干30余人……

夜航大洋,生活单调枯燥,因灯火管制,驾驶室里的值更人员仅能凭借仪表盘上微弱的灯光完成操作。每次高克值更,官兵随时都要面对舰长问不完的航海、气象知识提问。黑暗中,这位激情如火的年轻舰长,沉着冷静,自信从容,指挥战舰高速远航。

(三)

"世界那么大,我想去看看。"这句话曾在网络上爆红。那个时候,临沂舰刚刚驶离也门交战区的战火硝烟。

浩瀚的海洋不可谓不大,去哪里?怎样去?看什么?怎样看?

近年来,随着海军执行远海训练、战备巡逻、护航和联合军演等重大任务逐年增多,中国海军的"陌生海域"逐步减少,主战舰艇每年出海时间均在200天以上,已与西方发达国家不相上下。

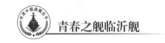

2013年9月,高克率临沂舰出访美国夏威夷,编队舰艇停靠的珍珠港中心泊位第26区,也正是1989年春郑和舰代表中国海军首次进入西半球出访美国时的同一个泊位。当时,郑和舰谢绝美方派出拖船顶靠码头,而是用自身动力停靠在刚好能容下舰体长度的泊位上。

那一天,站在珍珠港码头上,高克打心眼儿里佩服前辈们不服输的劲头。高克知道,2002年5月,中国海军首次组织环球航行,那是一次中国海军的远征盛典,随舰官兵是从海军各单位抽调的精兵强将,光准备期就耗时数月之久。

2002年5月15日,由中国自行设计制造的"青岛"号导弹驱逐舰和"太仓"号综合补给舰组成的中国海军舰艇编队从青岛起航,首次进行环球航行,历时4个月。人民海军舰艇编队这次环球航行访问,横跨印度洋、太平洋、大西洋,远涉亚洲、非洲、欧洲、南美洲和大洋洲,先后对10个国家和港口进行了友好访问,总航程33000多海里,途经14个主要海峡和苏伊士、巴拿马运河,横跨68个纬度,6次穿越赤道。

环球航行,对于任何一个国家的海军都不是件容易的事。"在三大洋上,中国海军编队7次成功地规避了大风浪区和强热带低压气旋对航行安全构成的威胁。"对于战风斗浪的惊心动魄,时任青岛舰舰长李玉杰记忆犹新。

132天的漫漫航程,环球航行编队创下了人民海军历史上4个之最和多个第一:出访时间最长,航程最远,涉足的海域最复杂,经历的航道、港口最多;第一次带弹出访,第一次横穿大西洋……

对于中国海军来说,环球航行绝不仅仅是一次能力检验之旅,它更是一次和平之旅、友谊之旅。

2002年作为舰艇编队副指挥员,王登平参加了中国海军首次环球航行。他在一次采访时说出了一连串让高克印象深刻的画面:

福建籍华侨庄坤寿特意歇业3天,只为迎接访问编队,一睹祖国海军的风采;年逾古稀的海粟老人带着全家人,坐了6个小时飞机,专程赶来迎接舰艇编队;在厄瓜多尔有着"香蕉大王"之称的华侨王先生,听说祖国军舰来访,正在美国治病的他,让公司高层职员带来十几箱特级香蕉,并转达他的遗憾与激动;还有人自己花钱为编队准备欢迎宴,动情地对海军官兵说:"我之所以这样做,是想让孩子从小就知道,我们是中国人,我们有中国心,我们的根在中国。"

访问的舰艇编队与使馆人员和华侨的甲板联欢会,原定不足百人,实际人数达原定的三倍之多。凳子和马扎不够,大家就比肩接踵地站在甲板上。陶遵华、陶遵芬、陶遵美3姐妹祖籍山东,这一次,她们专程从圣保罗赶来,带来许多背心、鞋垫送给舰上官兵,还告诉大家,她们是听着"沂蒙红嫂"的故事长大的。

2002年8月4日晚上,访问编队通过巴拿马运河。就在编队经过第一道船闸时,天空突然飘起了雨。这时,岸上传来呼喊声:"欢迎祖国亲人!你们辛苦了!"

循声望去,岸边的隔离网外,近百名华侨正在雨中挥手、欢呼。一位白发苍苍的老人跟着战舰一路前行,浑身早已被淋湿。后来,编队的官兵了解到,原来这些华侨白天离开之后,并没有回家,而是绕道赶到运河岸边,继续为编队送行。

◎时任临沂舰舰长高克指挥舰艇驶离码头(熊利兵 摄)

无论是在一衣带水的友好邻邦,还是在万里之遥的异国他乡,环球航行编队所到之处都会被鲜花彩环和五星红旗的海洋簇拥。借助军舰这一方流动的国土,编队让海外华人华侨看到了一个日新月异的祖国。

(四)

往事并不如烟,今天的中国海军早已今非昔比。高克自信地说,我们支队任何一艘经过全训考核合格的新型驱护舰艇,随时都能远航,来一场"说走就走的旅行"。

远航中褪去羞涩,深蓝中收获自信。远航里程累计高达20余万海里的高克经常感叹,"我很幸运,赶上了海军大建设大发展的好时期"。

1999年7月,高克以海运工程专业第一名的优异成绩从天津理工大学毕业。在曾参加抗美援朝作战的父亲建议下,高克毅然选择从军,到大连舰艇学院学习一年。

分配到部队,沿着支队的机关基层交叉任职、大舰小舰交流使用的培养路径,历经多个岗位锻炼,高克快速成长。从军16年来,高克先后在5艘舰艇任职磨炼,一步一个坚实脚印。难得的任职经历,为他铺平通向优秀舰长的道路。

"天下事,在局外呐喊议论,总是无益,必须躬身入局,挺膺负责,乃有成事之可冀。"高克经常用曾国藩的名言自省。

2012年11月,高克作为首任舰长,率领新型护卫舰临沂舰入列,并带领战舰驶向深蓝。

临沂舰电航兵姜玉龙形容高克是一位"三高"舰长。所谓"三高",就是对官兵日常生活要求高、战备训练标准高、装备保养质量高。

直到现在,姜玉龙还记得高克常挂在嘴边的那句话:纪律严明的部队才能出战斗力。无论是在日常养成,还是礼节礼貌,抑或是内务卫生等方面,高克的严要求是出了名的。

而对于日常战备训练,高克的标准甚至可以用苛刻来形容。"无论是港岸训练,还是出海实弹射击,舰长对自身的要求特别严格。同时也要求我们把每一次训练都当成实战,每一个口令、每一个动作都要准确到位。舰长经常说的一句话是:平时多流汗,战时才能少流血。"

还有一件事情也让姜玉龙记忆犹新。2015年,临沂舰访问克罗地亚。在停靠克罗地亚斯普利特港时,临沂舰要担负对外开放参观任务,姜玉龙担任安全引导员。姜玉龙记得,在开放参观之前,高克总要自己把全舰认认真真地走一遍,找找问题、挑挑毛病。

有一回,姜玉龙忍不住问高克:"只是开放参观,咱有必要这么认真吗?"

高克语重心长地对姜玉龙说:"我们在外国代表的是中国形象,人家看到了我们不会想你们舰怎么样,都会认为中国海军怎么样、中国怎么样。所以我们要给当地人,包括生活在这里的我们的中国同胞们,留下最好的印象。你要知道,对外没有小事,咱们的荣誉与形象,都是这样一点一滴的细节拼凑起来的。"

高克所言不假。

2002年,中国海军编队首次环球访问。来自葡萄牙的安全官卡布斯和保罗负责外国军舰停靠码头期间的安全警卫工作。

开始,中国海军官兵拿着电话卡想要使用他们的磁卡电话机,但他们总是微笑着摇头拒绝。奇怪的是,两天后,这两位安全官又主动邀请中国海军官兵去打电话。

那天晚饭后,时任访问舰艇编队副指挥员王登平和翻译万锋在码头上散步,刚好从卡布斯和保罗所在的警卫室门前走过。两人热情地迎了出来,并主动邀请他们到警卫室,然后又拿出饮料和啤酒招待他们。

他们一边与王登平和万锋二人聊天,一边打开安全记录本,指着记录内容说,他们两个人这些年没少为外国军舰担负过安保任务,光是2001年就有近40艘。有些国家的军舰来了总会有人到处惹麻烦,与他们发生冲突都已经是寻常小事了。可是通过观察,他们发现中国海军与其他海军有很大不同。"你们的官兵非常有礼貌,你们的表现特别棒。"说着,保罗伸出了大拇指。

类似的事还发生在巴西福塔莱萨港码头。一位在码头上卖贝壳的妇女在编队即将离开巴西时,对随队翻译说:"你们的水兵太棒了,每天早上坚持锻炼。不仅打扫你们自己的船,连码头的卫生也会打扫。说真的,我们的码头从来没有像现在这么干净过!"

每每想到这些,高克都深刻地意识到:对外交往,形象是不用翻译的语言——"站在舰上,我代表中国!"

临沂舰在入列第二年,就已出访过10个国家共11个港口。

◎临沂舰首任舰长高克在远航(代宗锋　摄)

武器装备保养水平、舰容舰貌、官兵精神状态……这些都是军人听得懂的语言。每次港口访问,临沂舰官兵永远都是军装熨得笔挺、皮鞋擦得锃亮,他们用自信的姿态,讲述不用翻译的中国海军故事,迎接登舰参观的各国海军官兵职业审视的目光。

"戴着白手套,如果在舰艇的角落里能摸到灰尘,那一定不是高克的舰艇……"多次和高克一起远航的李健说。

（五）

三进三出也门交战区撤离中外人员,临沂舰以临战姿态,第一次近距离接近战火硝烟。撤离的人群中,中国同胞自发地高喊"祖国万岁""共产党万岁""解放军万岁",看着他们激动地挥动中国国旗,高克和战友们的眼眶湿润了。

"站在舰上,我代表中国。"随着"走出去"的中国海军对外交流交往机会增多,高克倍感肩上责任重大。大学期间,英语考试成绩不错,但很少开口用英语跟人交流的高克,逐渐能用英语自如地与外国军人对话。

2002年8月,高克作为海军唯一代表赴新加坡武装部队军事训练学院学习,随新加坡海军登陆舰参加多国搜救联合演习。这是高克第一次单独出国学习,和他同一个教室的,还有来自日本、韩国等6国的海军军官,置身其中,高克强烈感受到各国军官在实战环境下表现出来的求胜欲望。这是一场"不是比赛的比赛",两次参加天文航海实作,高克都夺得第一;两个月时间,他积累了近10万字的心得笔记。

率领新型舰艇远航深海大洋,每到一处,高克都将其视为难得的学习机会。他非常注重与外军的互动交流,了解外军训练组织、兵力运用、人才培养等方面的情况。

2015年5月,中俄"海上联合-2015(I)"军事演习在地中海拉开帷幕。在这场"离中国本土最远的联合演习"中,临沂舰作为中方

舰艇编队的指挥舰,在情报侦察、实际使用武器中,用专业的表现赢得俄罗斯海军同行的尊重。

有人说,衡量一个人的重要标准,就是看他把时间用在哪儿。

高克是一个善于做自己时间主人的人,他的全部心思,都放在"带出一流战舰""培养一流舰员"上,从来不以"太忙、没时间"为借口,放弃学习和思考。

2009年12月,高克作为出访南美四国舰艇编队的先遣人员,面对厄瓜多尔瓜亚基尔港航道狭长、水深较浅的实际,他反复与厄方引水员沟通,确保补给舰安全停靠在瓜亚基尔港。

2010年,高克担任沈阳舰副舰长期间,悉心研究本型舰的武器值班安排,合理分配舰员更次,有效提高了单舰对空、对潜防御能力。到机关工作后,高克抓紧时间报考海军指挥学院研究生,撰写的硕士毕业论文被评为海军优秀论文。

每次海上航行,在驾驶室值班的高克都会利用国际通用的频道,用英语与附近商船通话,提醒商船规避,防止相撞。与其他国家军舰相遇,高克熟练运用《海上意外相遇规则》,通过有效交流了解对方的去向,避免因误判发生意外。在高克的带动下,如今在临沂舰,仅靠一名航行值更官、一名作战值更官和一名信号兵就能独立与外军交流。

对于高克在也门撤离行动中的表现,第19批护航编队指挥员对他赞赏有加,认为他是"一个有着'地球仪'思维的优秀舰长"。其实正是因为高克平时注重搜集各国港口航道的相关信息资料,才为撤离行动缩短了任务准备期,赢得了宝贵时间。

"功劳更多应归于日益强大的祖国,我个人只是履行了应尽的职责。"高克说,没有强大的祖国做后盾,从交战区毫发无伤地安全撤离,是难以想象的事。

"一艘军舰所代表的,绝不是武器装备性能、排水量等数据那么简单,这是一艘常态化远航的'浮动的国土'。我们要做的,就是让世界近距离观察中国,认识中国海军。我要让舰上官兵,在深蓝舞台上讲述中国故事,使军舰成为游弋在远海大洋的'大国名片'。"高克说。

◎临沂舰航行在威海附近海域（胡善敏　摄）

>>> 第六章
临沂舰：两个家之间的距离

临沂舰成立了官兵家庭走访小组,并取了一个温暖的名字——"春风"。当这一股股"春风"再一次回到临沂舰,他们带回了走访地的风土人情,带回了临沂舰新一代官兵家人的期望和嘱托,带回了一个个温暖而有力量的故事,更拉近了两个"家"之间的距离。翻看这本厚厚的"家访日记",我们也能解读出临沂舰新生代官兵的成长密码,从而也就看到了这条"明星战舰"永远充满青春朝气、蓬勃向上的原因之所在。

第六章 临沂舰：两个家之间的距离

站上比武竞赛领奖台，海军某驱逐舰支队临沂舰中士张现伟直言"感觉像是在做梦"。

就在年初，他还时常嚷着"工作训练不用太辛苦，过得去就行"。如今，他凭借优异表现，多次被支队评为"进步之星"。

张现伟的转变，一切要从那次走心的家访说起。

这场"说走就走"的家访，其实是临沂舰计划已久的。为探索经常性思想工作部队家庭协作机制，临沂舰成立了官兵家庭走访小组，他们还给家访小组取了一个温暖的名字——"春风"。家访小组由临沂舰机要参谋施敬雨和士官长张兵兵组成，两人都在临沂舰工作多年，张兵兵更是该舰的首批舰员，对许多年轻舰员的情况较为了解。

2021年以来，和煦的"春风"吹过全国5省14个市县（区），共6000多公里。这对于常年需要"漂泊"在外的舰艇兵来说，是一个不容易实现的事情。但即便困难重重，临沂舰仍旧将"春风"家庭走访作为一项工作重点，组织全舰思想骨干，利用休假等时机，前往官兵家中走访，通过与官兵家人促膝长谈等方式，掌握官兵家庭情况、成长环境、现实困难等，进一步了解官兵性格特点和心理特征，有针对性地做好一人一事思想工作。

当这一股股"春风"再一次回到临沂舰，他们带回了走访地的风土人情，带回了临沂舰新一代官兵家人的期望和嘱托，带回了一个个温暖而有力量的故事，更拉近了两个"家"之间的距离。翻看这本厚厚的"家访日记"，我们也能解读出临沂舰新生代官兵的成长密码，从而也就看到了这条"明星战舰"永远充满青春朝气、蓬勃

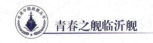

向上的原因之所在。

(一)

一路辗转,"春风"家访小组来到山东烟台芝罘区。

咸咸的海风吹进车里,透过玻璃,临沂舰士官长张兵兵远远地看到一位中年男人等在路边。张兵兵已在临沂舰服役多年,这一次,作为"春风"家访小组中的一员,代表临沂舰走访年轻一代官兵的家乡,张兵兵觉得无比光荣。长年"漂泊"在外,他深知,他们的到来对一个水兵的家庭意味着什么,他也知道,他们的到来会给一个年轻水兵的家庭带来怎样的喜悦。

等候在路边的男人,是临沂舰上等兵梁洲赫的父亲。接到舰上要来家访的电话,"家里激动极了"!

◎朝气蓬勃的临沂舰航行在大海上(胡善敏　摄)

第六章 临沂舰:两个家之间的距离

简单寒暄过后,梁洲赫的父亲将施敬雨和张兵兵带到屋里。刚一坐下,这个朴实的山东汉子便打开了话匣子:"我们洲赫其实从上初中就开始住校了,哎!不是因为我们没有时间照看,而是感觉自己辅导不了他的功课,怕耽误他的学习。"说到此,梁洲赫的父亲轻轻叹了口气,"我没文化,但想尽力把他培养好。"

高考结束后,梁洲赫看到了征兵广告。这个血气方刚的小伙子感觉一个新的梦想萌芽了。回到家,梁洲赫第一次"以成年人的身份和父母好好谈了谈",他告诉父母,他想到部队,去实现自己这个热血的梦想。父亲听完,只问了一句:"你能坚持下来吗?"梁洲赫郑重地点点头。于是,在家人的支持下,这个小伙子穿上了帅气的海军迷彩,走进军营,走上了"明星"临沂舰。

接下来的日子里,梁洲赫的视野进入了另外一个广阔的空间。虽然从小就生在海边,也时常在海边嬉戏玩耍,甚至也远远地望见过军舰,可是等自己真的来到临沂舰,成为一名真正的水兵,"那心里的感觉还是特别不同"。了解了临沂舰的辉煌过去,梁洲赫也开始思考,自己可以为这艘战舰做些什么。

"爸,我想试试……试试考军校。"电话里,梁洲赫试探性地与父母商量。

"好哇!太好了,儿子,你能有这样的想法,我和你妈妈都支持!"

在梁洲赫备战军考的一年时间里,父母的心与他的心又一次同频共振。父母会在他沮丧的时候,给他最大的鼓励,在他有进步时跟他一同欣喜。而梁洲赫的另一个"家"——临沂舰,领导和战友也如他的家人一样,给予了他莫大的支持。

梁洲赫的两个"家",从同一起点出发,终又在同一终点汇合,组成了一个完美的心形,将这个年轻的孩子环抱在其中。

成绩出来的那天,梁洲赫一个人躲进宿舍,闷不吭声。

"差一点,只差一点……"面对着临沂舰时任政委赵井冬,梁洲赫的眼眶红了。

赵井冬拍拍梁洲赫的肩膀,说:"小梁,我知道你难受,我们也觉得这次很遗憾。我想告诉你,人这一生总会有坎坷,有遗憾,但这不代表你不行,别忘了,你可是咱临沂舰的兵!想想咱们一起经历过的那些大风大浪,这点挫折算啥?"

梁洲赫咬紧嘴唇,用力点点头,目光坚定地望着赵井冬。

在父母眼里,梁洲赫一直是个内敛的孩子,自己的情绪很少对他们表露出来。可自打上了临沂舰,内向的梁洲赫"似乎变得开朗了"。从最开始打电话的三言两语应付了事,到后来和父母也能"煲个电话粥"、对父母嘘寒问暖。虽然两年没见,可是梁洲赫的变化都嵌进了每一次和父母的电话和信息里。

梁洲赫的父母是做水产生意的,家境在当地算得上殷实。即便如此,梁洲赫还是会把自己的津贴打给父母。"我知道他们不缺我这点钱,可我就是想给他们。"不善言辞的梁洲赫曾向教导员透露过自己的心思。

第一次收到梁洲赫的转账,父亲吃了一惊。很快,吃惊变成喜悦,变成欣慰。梁洲赫入伍两年,已经陆陆续续给父母打了一万多块钱。

提起这事,梁洲赫的父亲颇有些自豪:"懂事了,真是懂事了!"

张兵兵拿出一张照片给梁洲赫的父亲看,那是梁洲赫随篮球队参加比赛,在临沂舰荣誉墙前拍的照片。父亲仔仔细细地看着照片里的梁洲赫,眼神里写满了自豪:"没什么地方比部队更让人放心的了!"

入伍前,梁洲赫通过高考,已经拿到了东北财经大学的录取通知书。在与学校沟通保留学籍后,梁洲赫参军入伍。如今,两年过去了,梁洲赫决定继续留在部队,因为他发现他两年前一时萌发的梦想,已经生根发芽,并渐渐长成一棵苗壮的树苗。现在的他,已经从临沂舰转向了另一片"阵地",成为士官学校的一名学员。

用梁洲赫自己的话说,青春,就不要留下遗憾。而我爱的临沂舰,会为我的青春之路补齐每一块空缺!

(二)

和梁洲赫父亲的激动比起来,临沂舰下士王天鹏的父亲得知"春风"家访小组要来,有些紧张。

王天鹏的父亲与大海也有着不解之缘。从王天鹏记事起,一直到他15岁,父亲的身上总有一股大海的味道。那是一名海员常年漂泊在大海上,丝丝海风与海水渗入肌肤纹理留下的味道。也是因为干海员的缘故,王天鹏自小就很少见到父亲,少了父亲的陪伴,王天鹏的性格也十分内向。即使舰上已经提前几天通知了家访的事情,王天鹏也没跟家里讲,以至于张兵兵和战友在到访前一天联系他家里人的时候,父母还十分诧异,甚至有点紧张,以为王天鹏在单位犯了错误。

看到王天鹏家住的房子时,施敬雨和张兵兵对视一眼,两人都是一阵心酸。眼前,一座石头房子好像旧电影里才有的样子,屋子里的陈设也十分简单。整间屋子里最显眼的位置,留给了一块小小的牌匾,上面写着"光荣之家"。这是王天鹏参军入伍后,家里挂上的。从挂上那天起,家里人就把它视作家中最珍贵的物件。

王天鹏的父母常年在外,他从小跟着爷爷奶奶生活,成了典型的"留守儿童",慢慢地,王天鹏变得内向而沉闷。在父母的印象里,王天鹏似乎一直都有些叛逆,也很少主动帮家里干家务。每次父母想跟他聊聊天、谈谈心时,王天鹏总是低着头不说话。父母仿佛很难走进他的世界,他心中的大门仿佛也很难对原本应该最亲近的父母敞开。

变化发生在王天鹏第一次探亲休假。母亲仍清楚地记得,那天一大早,王天鹏早早起了床,母亲还在问他怎么不多睡会儿的时候,王天鹏已经拿起了墙角的扫帚,认真地打扫起了卫生。母亲一时不知该说些什么,这是她第一次看见儿子主动做家务,从前"不是在玩电脑游戏,就是在玩手机"。

母亲微笑着红了眼眶,转身进了厨房,继续给王天鹏做早饭。

那次休假,王天鹏虽然依旧话很少,可是父母却觉得他像变了个人似的,他开始关心父母长辈的身体,也会叮嘱他们要多加注意休息。

王天鹏家中的墙上,除了"光荣之家"的牌匾,还贴着一张照片。照片里,王天鹏和几位战友站在C位,被其他战友簇拥着。他们几个戴着生日帽,所有人脸上都洋溢着幸福的笑容。那是王天鹏第一次在临沂舰上过集体生日。生日的照片,舰上专门打印出来给他做纪念。而王天鹏选择把照片寄回家,这个内向的男生想用这样的方式告诉父母,他在舰上一切都好。

这张照片被王天鹏的奶奶视若珍宝,成了她眼中"最好的装饰"。谁来家里串门,奶奶都要拉着人家去看看这张照片,告诉人家自己的孙子现在多有出息,是最先进的军舰上的水兵!

"嚇!奶奶知道的真不少呢!还知道咱临沂舰是最先进的战舰呢!"张兵兵笑着说。

"天鹏当兵之前,他奶奶连电视都很少看。现在,电视天天放着新闻,最爱看的就是中央电视台的国防军事频道。他奶奶说了,指不定哪天就在电视上看见天鹏了呢,就算看不见他,看见别的孩子也像看见天鹏一样!"王天鹏的母亲说。

其实,不只是王天鹏的父母和奶奶,自打王天鹏穿上军装,他就成了全家的焦点。姑姑、伯伯来电话时,总会问问他在部队的情况。每次王天鹏的父母都会有些骄傲地说:"肯定又出任务了,昨天打电话还是关着机呢!"

不仅是王天鹏的家人,对于每一名海军舰艇兵的家人来说,手机关机便意味着他们牵挂着的人出任务了。他们不知道他们要去哪里,去多久,家里人只是习惯性地拨通那个可能一直无法接通的电话,再去看看近期的军事新闻有没有相关的报道。直到他们的手机响起,屏幕上出现那个熟悉而亲切的名字,他们的心才会踏实下来。

曾有人问,哪一刻你觉得父母真的老了?

知乎上有一个高分答案:从他们开始看你"脸色"时。

张兵兵看着眼前王天鹏朴实的父母,再看看他们的家境,想着回到舰上该怎么和王天鹏好好聊聊。临走前,家访小组拿出一张照片送给王天鹏的父母。那张照片上,王天鹏目光如炬,正在接受舰长颁发给他的荣誉证书。荣誉证书的背后,是王天鹏参加军事比武取得了优异成绩,是他为了这个成绩付出的辛苦汗水。

王天鹏的父母拿着照片看了又看,母亲用手轻轻地抚摸着照片,就像在轻轻抚摸王天鹏的脸庞。这是他们第一次如此全面深入地知道儿子的情况,王天鹏的母亲几乎要流泪,激动地说:"真好!真好!一会儿就把这照片贴到墙上!"

离开王天鹏家,张兵兵又远远地望了望那座石头房子。王天鹏的父母依旧站在家门口目送着他们走远。那一刻,张兵兵觉得自己做了一件特别有意义的事,一路的颠簸辗转、一路的风雨兼程再也不需计较。当两个家的距离化为零时,他知道,这是临沂舰给予的力量。

(三)

从大连出发,乘坐两个小时的高铁,临沂舰"春风"家访小组来到了这次家访之行的第三站——辽宁省丹东市。

丹东,一座承载着厚重历史的城市。

第六章 临沂舰：两个家之间的距离

1950年6月，朝鲜内战爆发，以美国为首的"联合国军"对其进行武装干涉，并派遣美海军第七舰队侵入中国台湾海峡。此后，侵朝美军越过三八线，直逼鸭绿江，并出动飞机轰炸中国东北边境，直接威胁到新中国的国家安全。

经过反复权衡，1950年10月，中国人民志愿军奉命从辽宁丹东开赴朝鲜战场，与朝鲜人民并肩作战，到1951年6月，历时7个多月，先后同以美国为首的"联合国军"进行五次大的战役，共歼敌23万余人，把战线稳定在三八线附近地区。在这场战争中，中国人民志愿军中涌现了无数英雄人物：罗盛教、黄继光、杨根思、邱少云……为了朝鲜人民，为了履行国际主义义务，许许多多的英雄长眠在了朝鲜的土地上。

这场战争的胜利，不仅打破了美帝国主义不可战胜的神话，更打出了新中国的国威和人民军队的军威。

临沂舰中士王赢浩就出生在这片红色的热土，不仅如此，王赢浩的父亲还是一位退伍老兵。

当看到施敬雨和张兵兵风尘仆仆赶来，这位老兵的眼神里、话语里难掩激动。和王天鹏家的"配置"一样，王赢浩家里最显眼的位置也留给了"光荣之家"的牌匾，而且不是一块，是两块。

"我当过兵，最知道部队能锻炼人、培养人！"见到部队的人，王赢浩的父亲就像见到亲人一样，一下打开了话匣子。虽然他只在部队服役几年，但这短短几年里，这位老兵还是干得出色，参加过抢险救灾任务，还在部队成为了一名光荣的中国共产党党员。

说起送儿子参军入伍的初衷，王赢浩的父亲忍不住也聊起自己的军旅人生:"零下十几度的时候,我们都在室外站岗。换岗的时候,我们都忍不住笑,为啥呢?一看对面战友脸上,冻得都是冰碴子!"说完,爽朗地笑了起来。谈到部队、谈到军旅,这位已是不惑之年的男人眼中会闪现出年轻自信的光芒。张兵兵和战友看在眼里,敬佩之感在心中油然而生。

"叔叔,现在条件可不一样了。"施敬雨微笑着告诉王赢浩的父亲。

"我知道,我知道,那军事新闻我每天都看。最关心的就是海军,最最关心的就是临沂舰!"

自打上了临沂舰,父母觉得王赢浩"像变了个人似的"。

以前,王赢浩一进门就回自己房间,很少和父母说上几句话;现在,不仅能和父母坐在一起拉拉家常,还很懂得关心体贴父母。在王赢浩的记忆里,父亲以前总是很少在家,跑长途的他每次回来都是一脸疲惫,每次出门前,母亲总是重复着一句话:"注意安全!慢点开!"这些琐碎的细节,是王赢浩第一次跟随临沂舰远航时,一点一滴浮现在脑海里的,曾经的他似乎根本没有注意到这些。直到那一次,他有很长时间无法和父母联系,父母辛苦付出的点点滴滴才浮上心头。

以前,王赢浩总是"睡到日上三竿",屋子里也是乱七八糟;现在,王赢浩即使是在家休假,也保持着十分自律的生活状态,把自己的被子压了又压、折了又折,最终呈现出一个"自己不太满意的'豆腐块'"时,让母亲吃了一惊。

入伍之后,王赢浩和很多战友的选择一样,每隔一段时间会把钱打给家里。父母们总说,不会花孩子的钱,我们都有养老金,他们也总是细心地把每一笔钱都存好,然后把转账记录留下来,在想念孩子的时候、在联系不上孩子的时候,一遍又一遍地翻看聊天记录,再在邻里面前一次又一次地念叨,孩子有多孝顺,当了兵后有多出息。

施敬雨和张兵兵将一幕幕看在眼里,记在心里,时时被临沂舰官兵的父母们感动着、感染着。他们知道,当他们回到临沂舰,将这些如珍珠般珍贵的片段串联起来,将会为临沂舰"全速前进"再添一把燃料。

(四)

让施敬雨和张兵兵没有想到的是,这一次家访,他们竟然遇见了一位海军"老班长"。这位海军"老班长"正是临沂舰下士刘伟的父亲。

在火车上,施敬雨提前联系了刘伟的父亲,并约定好了见面时间。施敬雨开玩笑地对张兵兵说:"咱今天要见一位武林高手!"

说"武林高手"有些夸张,但的确,刘伟出生在一个武术世家。从刘伟的爷爷到刘伟的父亲、叔叔,都是当地小有名气的"练家子"。而刘伟,从小跟着父辈们习武锻炼,早早地,骨子里就有了崇军尚武的情结。

出租车快到小区门口时,施敬雨一眼就认出了站在门口等候的刘伟的父亲。高高的个子,瘦削的脸庞,虽然头发已经花白,但眼睛十分有神。

进屋以后,家访小组立刻被家中置物柜上的照片所吸引——上面几乎都是刘伟参军以后的照片:有过集体生日时,刘伟在战位上手握钢枪拍的军装照,有那一年春节,刘伟穿着喜庆的衣服参加舰上演出的搞怪照,放在最中间的也是最帅气的一张,是刘伟在舰艇仪仗队时的训练照。

每一次探亲休假,刘伟总会把精心挑选的照片洗好,到家后第一时间拿给父母看。刘伟不会告诉父母他为了握紧钢枪手里磨出了多少老茧,也不会告诉父母随舰出海时自己如何克服晕船坚守战位,更不会告诉他们在仪仗队训练时,自己流下了多少汗水。刘伟只会告诉父母,在临沂舰上他见过了他从未见过的世界,认识了像兄弟姐妹一样亲的战友,以及在得奖时自己有多么帅气。

刘伟的母亲热情地向家访小组成员们介绍着每一张照片,好像她就在现场一样,语气里,眼神里,满是骄傲和自豪。

刘伟的父亲感慨地说:"刘伟能选择去当兵,我很欣慰,也很自豪。当年,我和刘伟的叔叔没有选择继承武馆,而是选择一起参军。"

"为什么呢?您那个年代,能继承一份这样的家业,那是多少人都羡慕不来的呀!"张兵兵问。

刘伟的父亲点点头说:"的确,当时好多朋友同学都劝我们。但是我们哥俩就横了一条心,抱定一个信念:习武只能保护自己,从军才能保护更多人,才会有大出息!"

一席话,让施敬雨和张兵兵热血沸腾。在刘伟父亲和叔叔的

第六章 临沂舰：两个家之间的距离

影响下,家里先后有7个人走进火热军营,成为了"保护更多人"的人民子弟兵。

曾经,刘伟也问过父亲为什么要选择当兵。直到今天,刘伟自己成了一个兵的时候,他才真正理解了父亲选择军营的初心。每一次随临沂舰航行在碧波万顷的大海之上,刘伟心中总是会升腾起一种难以名状的自豪。每次休假,刘伟都会将这样的感受告诉父亲,父亲也会回忆起当年他当海军时的点点滴滴。父子俩常常在饭桌上一聊好长时间。这样的时刻,是刘伟父亲最开心的时刻,也是刘伟母亲最幸福的时刻。

和刘伟父亲一样有着深厚军旅情结的,还有临沂舰下士代继康的母亲。

代继康的母亲在山东潍坊市的一个小镇上经营着一家理发店,小屋里,一套用于演出的军装笔挺地挂在衣架上。看到施敬雨和张兵兵的目光落在军装上,代继康的母亲有些不好意思,一边押了押军装的衣领,一边用羡慕的口吻说:"我从小就想当兵,可是因为这样那样的原因,愿望没实现。现在不忙的时候,社区会组织我们参加一些义演活动,我最爱穿的就是这身儿衣裳。所以,现在看见继康的军装照,我真是羡慕得不得了。"

也许从小耳濡目染,母亲年轻时未完成的心愿早早在代继康心里生根发芽,也成为了代继康的梦想。

2012年,一部名为《火蓝刀锋》的军旅题材电视剧成为当年热播剧。剧中,一批新兵被特招进入海军陆战队,经过磨砺,树立起"为祖国的大海流尽最后一滴血"的信仰,一个个地方青年最终蜕

变成为新一代优秀海军士兵。不少网友将《火蓝刀锋》誉为"海军版的《士兵突击》"。

代继康第一次看到《火蓝刀锋》,距离电视剧首播已经过去三年。但电视剧里海军官兵拼搏奋斗的场景,依旧让正在上高中的代继康热血沸腾,也是从那时起,种在他心里的军旅梦有了更加清晰的目标:"当海军!"

高中毕业,代继康参军入伍,如愿以偿穿上一身帅气的海军迷彩。看着眼前的儿子,代继康的母亲有着说不出的激动与自豪:"我们的梦想在儿子身上实现了,没有不支持的道理。"

新兵训练结束后,代继康被分配到原537舰成为一名炊事员。很多一开始被分到炊事班的年轻战士会有失落和不适应,代继康却表现得十分坦然:"哪一个岗位都重要,拿大勺和拿钢枪都是为国防事业做贡献!"代继康的话让带他的班长很是欣慰。不仅如此,代继康还会严格要求自己,很多战友都会为他的精湛厨艺点赞。

第一次休假回家,代继康走进厨房、系上围裙,熟练地切菜炒菜,很快,一桌子美味摆在父母眼前。母亲看着代继康精心准备的饭菜,心里有说不出的高兴,父亲更是笑得合不拢嘴,一个劲儿夸赞儿子的手艺。"这是以前想都没有想过的!"代继康的母亲笑着告诉家访小组。

代继康的体能一直是他的强项。这一回家访,张兵兵和战友终于知道了代继康体能优秀的"秘密"。

小的时候,代继康的母亲忙着做生意,父亲则一直搞长途运输,常年奔波在路上。但只要夫妻二人有时间,就会带着代继康到家附近的学校打羽毛球。"每次打球,看他笑得那么开心,我们就很欣慰。所以,哪怕店里忙的时候,我们两口子也要轮流来陪他。"

这样的场景,深深印在母亲心里,也印在代继康的心里。因为这样的时光,是代继康最能感受家庭快乐的时光之一,他喜欢和父母一起奔跑、流汗、欢笑的感觉。

不过,儿时的代继康没有想到,快乐的家庭活动会成为他在部队训练的有力"助攻"。入伍之后,代继康能轻松适应体能训练强度,各项测试的成绩名列前茅,不仅如此,代继康还积极组织并参与临沂舰上的羽毛球队、篮球队活动。有一次,临沂舰组织三人篮球赛,代继康在场上的精彩表现引起观众阵阵喝彩,他自己也"圈粉"不少。

2020年,代继康的人生迎来了全新挑战——他被调至临沂舰。走上先进的战舰,代继康觉得"自己的眼睛都不够用了"。要学要会的东西太多,一时间,代继康有些不适应。

"我怕自己给舰上拖了后腿……"看出了代继康情绪的变化,舰上的教导员主动找代继康谈心,才知道这个年轻人这么要强。

"这孩子粗心的毛病跟我有点像,你们一定多嘱咐、多念叨他。上一次他来电话,他说舰上这也好、那也好,那就是他的第二个家!"

(五)

一路南下,临沂舰"春风"家访小组到达江苏常州。这座距离江苏省会南京约120公里的美丽城市,是临沂舰文书张新建的家。

来之前,施敬雨和张兵兵仔细翻看了每一位家访对象的资料。他们知道,张新建家比较困难,可当真来到张新建家时,眼前的景象还是让施敬雨和张兵兵不由得一阵心酸。

张新建的父母住的是一处廉租房,屋子虽是两室一厅,但里面却没有几件像样的家具和家电。知道儿子的战友们要来家访,张新建父母特意去买了水果来招待他们。

看着张新建母亲的脸色不太好,细心的张兵兵开口问道:"阿姨是不是身体不太好?"

张新建的母亲连忙说:"不打紧,不打紧,胃疼,这也是老毛病了,平时吃点药就没事了,谁知道这几天怎么回事,吃药也不管事儿……"

"那您没去医院看看吗?新建知道吗?"

"去了,昨天还在医院检查呢!这都是老毛病了,没跟新建讲,怕影响他工作。虽然我不太懂你们平时都在干啥,但我知道,你们工作,不对,应该叫'任务'挺多的!"张新建母亲笑着答道。

张兵兵不经意一瞥,又看到张新建父亲左手无名指缠着厚厚的纱布。"叔叔,您的手是受伤了吗?"

"小事,小事!前几天干活的时候,不小心把无名指砸了,已经去医院处理过了。这事儿也没告诉新建,怕他担心。同志啊,你们回去可别说漏嘴啊!"张新建父亲憨厚地笑着说。

望着眼前这对"懂事"的父母,再环视屋里的环境,张兵兵"忍不住想流泪"。

有网友曾这样形容自己的父母:他们的一生以两种模式存在:

第六章 临沂舰：两个家之间的距离

"在线"和"隐身"。当父母还能为子女付出的时候，他们选择"在线"，拼命地为孩子"闪烁"。当他们觉得自己不再能为孩子做些什么时，他们选择"懂事"地"隐身"，总是告诉孩子自己一切都好，害怕他们担心，不想给他们添麻烦，这也成了父母们认为能为孩子做的事。很多时候，父母都在用"报喜不报忧"的方式保护着孩子，独自扛下来自生活的重击，留给孩子的只有笑脸和温暖。

张新建的父亲站起身，给张兵兵和战友添了茶，继续说道："我小的时候家里穷，没念多少书。十几岁的时候，我就跟着同乡出来打工赚钱。想想那时候，真是吃了不少苦。后来想想，这也都是吃了没文化的亏。"张新建的父亲像是打开了话匣子，回忆着过往的点点滴滴，"我吃够了没文化的苦，所以希望他能多学习，将来过上好日子。"

张新建初中毕业后，没能考上重点高中。为了让他继续上学，父亲拿出积蓄，把他送到了私立高中，每年的学费价格不菲，但父亲觉得，只要他能好好学习，一切都值得。后来，张新建考上了大学。在大学里，张新建选择参军入伍。

"新建现在也很勤奋刻苦，最近他在利用休息时间积极备战军考，除了加紧恶补专业知识外，他专业能力进步也很快。"施敬雨和张兵兵想尽可能多地把张新建在临沂舰的生活、工作情况告诉他的父母。

听到儿子没有放松，还这么上进，老两口欣慰极了。

"我们两口子很早就到常州来打工了。那时候新建还小，他妈妈忙起来没时间带他，我搞运输就带着他到处跑。新建特别懂事，在车上不哭不闹的。我们搞运输吃饭总也没个点儿,有的时候一天就吃一顿饭,小家伙也从来不发脾气,还老想着帮我干活。一到装货卸货,他就跑过来想帮我搬东西。就那么小一个小孩儿,哪里搬得动啊……"张新建父亲说。

张新建母亲接过父亲的话茬儿,说:"新建从小就懂事。等他长大些,只要有假期,他肯定都要找地方打工赚钱贴补家用。"说着,母亲的眼里已经泛起了泪花,脸上写满了无奈与心疼,"我们知道部队的集体生活不容易,也知道你们平时训练很辛苦。但新建每次打电话都说能适应,很开心,一点也不累。他知道我们挣钱不容易,对我们很孝顺。我们过生日,有时候自己都不记得,但是新建从来不会忘,都会发个红包给我们。我们真的很知足。"

前段时间,张新建的父母靠着勤劳的双手,终于在常州买了房子。"生活总会越来越好的。我这点小伤不算啥,男子汉就是要拼,要担起责任,我也经常这么跟新建说。"张新建父亲的乐观豁达让家访小组心生敬佩,"我还能干,现在家里不需要他,但是国家需要他。他现在的任务就是在部队好好干,多做贡献。"

(六)

从舰上出发之前,"春风"家访小组特意把每一个家访对象的军装照都洗了一张。这是时任政委赵井冬的主意,他深知,父母对孩子的思念有多浓,这一张薄薄的照片,给父母们带去的是重重的情意。

第六章 临沂舰：两个家之间的距离

带给王浩父母的，是两张照片。一张是王浩穿着水兵服站在临沂舰荣誉墙前，另外一张是王浩参加防毒面具穿戴训练时的照片。训练照片，是一张抓拍，照片里，王浩的神情专注，脸上挂着微笑，看上去自信又阳光。

自从将照片交到王浩母亲手上，母亲的目光就再也没离开过这两张照片，拿在手里端详。"真好！比上次见面的时候穿着便装的样子更帅，我打心底高兴！"

王浩是临沂舰的一名上等兵，今年是他服役的第二年。夏天，父母曾到青岛看过他一次。虽然每周都会通电话，听儿子讲述自己的军营生活和自己的变化，但真真实实地见到儿子，特别是看到发生在儿子身上的变化，他们高兴又惊讶："话多了好多，更阳光，都会开玩笑了。"

王浩的父母都是某地产公司的管理层，负责新建项目的团队筹建工作，常年在外地出差奔波。在王浩很小的时候，就已经习惯了父母时常不在身边，自己照顾自己，有情绪也自己消化。那时候，无论是父母，还是王浩自己，都没有意识到什么，直到渐渐地父母与王浩之间的隔阂越来越深，王浩的性格越来越孤僻，父母一回家，王浩不是开心迎接，而是躲进自己卧室，父母终于意识到了问题的严重性。

"当时看着很心疼，但也没什么好的办法。"说起王浩以前的样子，母亲红着眼眶，既心疼又后悔，"有时候也在想，如果王浩不健康、不快乐，我们两个打拼再多又有什么用。"

自打王浩上了临沂舰，父母一点一点在电话里察觉到了变化。

但真正的惊喜,正是夏天的这一次探亲。其实,王浩在刚到临沂舰的时候,性格依旧很内向,话也很少,体能也比较弱。临沂舰每周都组织一次8公里的长跑。起初,王浩跟不上队伍,甚至有放弃的念头。但王浩的身边总会有战友陪着他跑完全程。终于,就在"春风"家访小组出发前的一次长跑中,王浩在排头的位置上坚持到了最后。王浩曾在电话里告诉母亲,在临沂舰上,他时刻都在感受着被陪伴和关注的喜悦。体能不好,班长们就陪着他一块儿加练体能,兴趣爱好不多,战友们就拉着他一起参加轮滑、羽毛球兴趣小组。变化写在每次都快一点、好一点的体能成绩里,也写在王浩日渐增多的笑容里。家访小组告诉王浩父母,他是同年入伍的兵里进步最大的一个。

现在,不少退伍士兵回到学校的生活状态经常出现在网络热搜上。无论是他们叠的"豆腐块",还是一个宿舍整齐如哨兵的刷牙杯,无论是早上六点就起床先去跑个步,还是走路自带阅兵BGM的身姿,都成了大学校园里、新的工作岗位上令人称赞的"风景线"。但很多人只是看到了"外化于行",真正"内化于心"的气质,其实早在部队生活中就已养成。那是集体给予的力量——身边的战友没有放弃你,所以你也不能放弃自己。

两年时间很快过去,临沂舰就舰上义务兵的走留意向进行摸底。王浩很坚定地表达了自己的意向:"我要留在临沂舰,我喜欢这里!我一定努力达到考核标准!"从那以后,王浩每天提前半个小时起床进行体能加练,晚上加班进行专业学习。王浩说:"在部队最大的收获就是学会了坚持,这会让我一生受益。"

父母对王浩的努力感到很欣慰。王浩母亲轻轻抚摸着照片动情地说:"王浩是真的喜欢部队,当时为了入伍,他自己提前一个月到健身房锻炼。以前,我总怕他在部队吃苦,想让他回来上学。上次到舰上一看才知道,真的好,我们没有理由不支持他干下去!希望他能为了自己的目标去努力,即使没有成功,也是一段成长经历。"

(七)

带着满满的温暖与感动,施敬雨和张兵兵回到临沂舰。

知道他们回来,被家访的临沂舰官兵都围了过来。"班长,我爸妈身体咋样?""班长,你把照片给他们了吗?他们咋说?""班长,我妈回去没?她跟你们说了点啥?"大家你一言我一语,询问着家人的状况。

看到这样的情形,施敬雨和张兵兵都很开心。在这些年轻孩子们的心中,家人的分量越来越重了。

此刻,张兵兵想起了自己刚入伍时的一件小事——

2012年2月,张兵兵作为临沂舰首批接船舰员之一从青岛出发,乘坐30小时的绿皮车到广州接舰。在查阅火车经停站点时,张兵兵惊喜地发现,这趟车会经过自己的家乡涡阳县,并在那里停靠3分钟。

已经一年没有回过家、见过父母的张兵兵马上拨通了家里的电话,告诉父母列车几点到站、自己在几号车厢。那天起,一

连几天张兵兵都处于一种兴奋的状态,他预想了各种各样和父母见面的场景,他甚至计划着在短短3分钟里要和父母说的每一句话。

当天,火车到达涡阳站,车还没停稳,张兵兵就看到父母在站台不断张望、焦急等待着。张兵兵看着父母的身影,不停地告诉自己:不要哭,不要哭。周围的战友也很兴奋,好像也见到了自己的父母似的,争相隔着玻璃和张兵兵父母挥手打招呼。

火车一停,张兵兵就迫不及待地跳下车,一把抱住了父母。母亲看着张兵兵黝黑的脸庞,哽咽地说了一声:"瘦了,黑了……"说完,便转过身用手揉了揉湿润的眼睛。张兵兵的父亲望着儿子,从头打量到脚,然后拍拍他的肩膀说:"在部队好好干,听领导的话。"

"小伙子,上车了!"列车员催促张兵兵。张兵兵一步三回头地踏上列车,站在车门口对父母说:"爸、妈,你们放心,我会好好干的!"然后,向他们敬了一个标准的军礼。转身踏上火车那一刻,张兵兵的眼泪流了下来。

很多时候,我们眼里看到的是什么,追求的便是什么。曾经,这些年轻人站在都市的繁华街头,心里装的是物质的欲望。眼里看到的,是闪闪的霓虹,是川流不息的车辆,是游戏里的快意恩仇,是股市大盘里的起起伏伏。

当他们走进军营,走上海军临沂舰,走向更远的深蓝,生命中真正重要的东西才显现出来。大海就像是一面镜子,能够照出生命中的轻与重。

许多人是怀揣着对父母的不舍来到军营的,他们有很多人是

第六章 临沂舰：两个家之间的距离

第一次离开父母、离开家。时光流转，几乎所有要离开军营的人又是怀揣着自己对战友的不舍脱下军装的，这一次，他们又将离开"家"。那时，两个家的距离早已从空间上的几百公里、几千公里变成零。那条曾经充满新奇与未知的军舰，也早已以家的模样，刻进了每个人的心里。

◎临沂舰航行在亚丁湾海域(代宗锋 摄)

>>> 第七章
风雨彩虹,铿锵玫瑰

不仅是郭燕,越来越多"小女生""萌妹子",在走进军营后成为"花木兰""穆桂英"。在人民军队由大向强的征途中,发挥着越来越重要的作用。

今天,我们将全景扫描,聚焦到临沂舰这一个闪光的点位上,能够看到在临沂舰入列的这些年,女舰员作为最引人注目的一道靓丽风景线,是如何始终立足岗位践行初心使命,在深海大洋上精彩绽放人生梦想的。

第七章 风雨彩虹,铿锵玫瑰

"叮——"手机屏幕亮起,一条信息跳进了刘山的眼里。

"普通高等学校全日制应届毕业生及在校生,年满18至22周岁;2021年普通高等学校全日制毕业生可以报名参加2022年上半年女兵征集,年龄放宽至23周岁。……"20岁的刘山正在读大学,她已经想入伍想了好久了。为了不错过信息,她打开了手机上"解放军报"APP的推送功能,以便一有消息,她可以第一时间知道。终于,信息来了,她"好像收到录取通知书一样开心"。

室友看刘山一脸陶醉,凑过来开玩笑地说:"哎哟!这是恋爱的味道呀!"可还没等下一句话说出口,室友就看到刘山的电脑屏幕上开着的征兵信息的网页。"山山,你真要去当兵呀?"室友问道。

刘山抬头看了看室友,一边点头一边认真地说:"这是我的愿望呀,难道不是比恋爱了还开心?"

◎临沂舰驶向深蓝(胡善敏 摄)

几乎同一时刻,海军临沂舰女兵郭燕正在远海大洋执行训练任务。多年以前,她就像刘山一样,对军营有着好奇、有着向往、有着热爱。带着这样的情感,郭燕走进军营,穿上军装。那时候的她,并没有想到当兵之后会怎么样。但用郭燕自己的话来说,即使她使劲想,打开了脑洞想,也不会想到自己在成为一名水兵后,会有"如此神奇的经历"。走远海、闯大洋、接同胞,从未有过明星梦的她,竟然跟着临沂舰当了一回"明星"。

不仅是郭燕,越来越多"小女生""萌妹子",在走进军营后成为"花木兰""穆桂英"。在人民军队由大向强的征途中,发挥着越来越重要的作用。

今天,我们将全景扫描,聚焦到临沂舰这一个闪光的点位上,能够看到在临沂舰入列的这些年,女舰员作为最引人注目的一道靓丽风景线,是如何始终立足岗位践行初心使命,在深海大洋上精彩绽放人生梦想的。走近她们,让我们用心聆听这些"铿锵玫瑰"如何用青春热血奏响了人民海军女舰员挺进深蓝的新乐章。

(一)

曾经有这样一句话:战争,让女性走开。

但是我们翻阅历史资料却不难发现,无论是远古时代的部落冲突,还是进入热兵器时代的南征北战,无论是二战中著名的莫斯科保卫战,还是现代海湾战争里的"沙漠风暴",我们会发现:战争,从未让女性走开。

有资料显示：美军超过88%的工作对女性开放；俄罗斯军队仅指挥专业，就有超过170种岗位对女性开放；在全民皆兵的以色列，女性年满18周岁必须服兵役；加拿大则从2001年开始，就已宣布所有军种都向女军人开放。

若将视线转移回到中国，我们同样会发现，从古至今，女性都没有在战场上缺席。从耳熟能详的花木兰替父从军，到国粹京剧里的穆桂英挂帅，从梁红玉击鼓退兵，再到杨门女将壮怀激烈，那些活跃在史书里、舞台上、电影中的女战士形象，都让人印象深刻。

1927年8月1日，南昌城头一声枪响，宣告了人民军队的诞生。自那天起，抗击敌人的队伍中，便也有了女性的身影。抗日战场上坚贞不屈的赵一曼、关玉梅，解放战争时期的刘胡兰、江竹筠，抗美援朝战场上解秀梅、秦桂芳……无数女性军人为人民军队、为共和国立下了汗马功劳。

弯弓征战作男儿，梦里曾经与画眉。在今天的人民军队里，更是有越来越多的女军人走上一线战位，担负起战斗员、指挥员的角色。从雪域高原的女坦克手，到导弹阵地上的女发射员，从航母辽宁舰上劈波斩浪的女舰员，到驾驶战斗机驰骋蓝天的女飞行员，那一位位看起来温柔如水的女性，正在用她们坚强的心灵担负起强军重任。

一位外国军事专家说："男人在荧光屏前，并不比女人强。"可以预见，在未来，将有越来越多女军人与战斗岗位相联系，为军队战斗力提升激发出独特的"她力量"。

2017年12月，宋美燕被任命为海军临沂舰实习副舰长，成为北部战区海军第一位女副舰长。

时隔不到一年，2018年9月，宋美燕成为北部战区海军第一个取得海军舰艇损管高级技能和指挥资质的女军官。随后，她率队参加海军比武，是所有代表队中唯一一名女领队。凭着一股拼劲，她带领团队取得了第二名的好成绩。

战争从未让女性走开。作为女军人，特别是舰艇女兵，要想与男兵同台竞技、并肩战斗，就需要付出更多的汗水。经过一年多的坚持不懈和刻苦训练，2019年10月，宋美燕顺利通过副舰长岗位合格考核，成为北部战区海军第一个通过考核的女副舰长。

得知这个消息，宋美燕在内心告诉自己：我能行！我还可以干得更出色！

宋美燕是个湖南辣妹子，她出生的地方是距离县城还有百十里地的深山苗寨。宋美燕清楚地记得那一句句悠扬婉转的山歌，以及山歌里传颂几代的美好品质。她却也更记得，在那个落后的小山村，解决温饱是每家每户不得不面对的现实，上学读书是很多孩子的奢望，却也是走出大山的唯一希望。

走出大山，成了宋美燕的梦想。

因为家境贫穷，宋美燕的三个哥哥都没能把书读完。背负着哥哥们的希望，也背负着全家的希望，宋美燕继续着求学之路。在她的印象中，每天天还没亮，她就要起床，顶着远方的启明星走上那条坎坷的山路，走去山那头的学校。

当生活在城市的同龄的孩子们用"快乐""丰富"等词汇形容自

己的童年时,宋美燕回忆起来只用了一个词:翻山越岭。但正如网上很火的那句"鸡汤文":人生的路,每一步都算数。常年翻山越岭的行走、奔跑,让宋美燕的身体素质变得极好,体育成绩也十分优异。

初三那年,宋美燕第一次参加全县运动会。故事的走向像极了许多"大女主"小说,原本只是"重在参与",可一上场竟然打败了专业选手,一举拿下几个项目的冠军。不仅如此,宋美燕还被湖南省重点高中破格录取。

宋美燕感慨地说:"现在看来,正是曾经的万里山路,唤醒了苗家女的运动天赋,给予了我更多选择,也让我明白了什么叫天道酬勤。"

高中三年,宋美燕几乎把全部时间都用在了学习和训练上。即使是休息时间,也总能在教室或操场看到宋美燕在学习或训练。功夫不负有心人。高二时,宋美燕就达到了国家一级运动员水平,并开始在湖南省内,以及全国性的一些比赛中崭露头角,并获得了几所高校的保送资格,其中就包括许多学子梦寐以求的清华大学。

教练激动地抱住宋美燕:"去清华!这是多少人做梦都想去的最高学府啊!"

宋美燕腼腆地笑了笑,然后郑重地告诉教练:"教练,我想去上军校。"宋美燕的语气极为平静,一听便知道她已经经过深思熟虑。教练愣了一下神,他知道宋美燕家的情况,带了她这么久,他更知道这个从大山里走出来的姑娘的性子。

"教练,上军校能减轻我家里的负担,而且,我觉得我挺适合做一名军人的……"宋美燕见教练没说话,急忙解释道。教练微笑着点点头,轻轻地拍拍宋美燕的肩膀,欣慰地说:"去吧,去做你真正想做的事!有你的这股子韧劲儿,干什么都没问题!"

一年后,宋美燕如愿以偿,走进了国防科技大学。

(二)

对于已经"吃惯了苦"的宋美燕来说,当很多同学尚在体能、心理适应期的时候,她已经完全适应军校生活,并开始规划自己未来的道路。

毕业前,队干部找到宋美燕。谈到宋美燕的毕业去向,队干部建议她留校。的确,对于宋美燕来说,留校是个不错的选择,离老家近,方便照顾父母,而且一个女同志在学校里做一名教员,总是更安稳一些。

但宋美燕对自己的未来早有规划。她谢过了队干部的好意,决定在毕业后去闯 闯真正的远海大洋。可这一次,现实泼了宋美燕一盆冷水——她被分到一个海岛通信站。

每天,宋美燕听着此起彼伏的电话声,摸着长长短短的通信线路,望着风起云涌的海面,有时,站在小岛的礁石上,她也能看到犁浪而来的军舰,她甚至有想冲着他们大声呼喊的冲动。那时的她,不知道自己闯大洋的梦想是否会就此搁浅。

正如有句歌词里唱的那样:命运有时爱开玩笑。

第七章 风雨彩虹，铿锵玫瑰

但谁也不能确定，这个所谓的"玩笑"究竟意味着什么。很多时候，这个"玩笑"是磨炼，是沉淀，是为等待一个机会厚积薄发。

2009年12月18日，中国航母接舰部队悄然组建。500多名海军官兵，从座座军营汇聚到黄海之滨。宋美燕就是这光荣队伍的一分子。

就在此前几个月，当宋美燕听说航母部队选调官兵，她毫不犹豫地报了名。

考核是严苛的。但对于早已习惯了挑战自我、突破自我的宋美燕而言，这样的考核只会激发她更加昂扬的斗志。宋美燕还记得通过考核的那一天，她激动得"恨不得跳进大海游两个来回"。通过这项考核，不仅意味着她将成为中国首艘航母部队的一员，更意味着她将是中国首艘航母的首批女舰员！

宋美燕至今还记得时任航母辽宁舰舰长张峥在动员大会上说的话："从你们到这里报到的那一刻起，每个人的命运已经与国家荣誉紧紧相连，每个人的一生注定要与海军使命紧紧相连，每个人的青春注定与航母发展紧紧相连……"

站在航母甲板的那一刻，宋美燕深深吸了一口气，享受着咸咸的海风和潮湿的空气浸润了身体的每一根毛心血管。耳边是不断传来的同批战友与造船厂师傅的忙碌交流之声。她享受着这一刻的嘈杂与忙碌！此情此景，此时此刻，是她的父辈与乡亲们不曾见过甚至不曾想象过的。而她，一个再普通不过的苗寨姑娘，即将继续几代中国人努力实现的航母梦想。

一个国家的宏愿，就这样照亮了一个平凡女孩的路。

一个平凡女孩的梦,就这样合上了时代的节拍。

当一切得偿所愿,宋美燕微笑着在日记里写道:"我更加坚信,路,是靠人走出来的!"

(三)

说起自己的偶像,宋美燕总是很自豪。

"花木兰! 我的偶像是花木兰!"宋美燕笑着告诉她的战友们。其实,在她的战友眼中,她也有着花木兰的飒爽和坚毅,那股子巾帼不让须眉的劲头让身边的人都对她感到由衷的佩服。

宋美燕有着自己的想法。

对宋美燕来说,无论是敢闯敢拼还是坚持不懈,都与名利无关。她只想证明自己,证明自己一点也不差,证明自己可以做得更好,证明即使一个从大山里走出来的孩子依旧可以在广阔大洋乘风破浪。"我的第一身份是军人,第二身份才是女人。"这是宋美燕常挂在嘴边的一句话。

2009年,训练成绩优异的宋美燕代表海军参加了全军军事比武。面对来自全军各单位的训练尖子,宋美燕丝毫没有发怵,最终摘得两枚金牌,她个人也荣立了二等功。

2010年8月,宋美燕又接受了一项光荣而艰巨的任务:由她带领首批航母女舰员组成实习小分队,随海军"和平方舟"号医院船执行"和谐使命-2010"任务。

那是宋美燕第一次出这么远的远门。她兴奋地打电话告诉父

第七章 风雨彩虹，铿锵玫瑰

母："我要出国执行任务啦！"父母问："去哪里，去多久？"宋美燕想想，然后神秘地笑笑说："要去很远很远的地方，也要去很久很久。不过你们别担心，船上都是医生，他们肯定能照顾好我们每一个人！"

那一次，由原海军总医院、411医院、413医院筹组的100多名医务人员，组成医疗分队，在近3个月的时间里，赴亚丁湾海域为正在那里执行护航任务的中国海军官兵巡诊，还赴吉布提、肯尼亚、坦桑尼亚、塞舌尔、孟加拉国等五国，为当地民众提供医疗服务。

和平方舟医院船的很多人都是第一次出国，其中也包括宋美燕。但对她和她的"航母女兵小分队"来说，出国带来的兴奋远远没有考核的紧张来得汹涌。在那一次任务中，宋美燕和战友们不仅实现了"当海军看世界"的梦想，更是经历了全程严格要求、全员必须通过的独立值更考核。不管是随舰的医护人员，还是和平方舟医院船的舰员们，都对她们竖起了大拇指："不愧是航母女兵！"

完成任务归来，再一次踏上航母辽宁舰的起飞甲板，宋美燕感受到了一股平静的力量。当初，站在航母甲板上的激动已经随着时间的推移和她阅历的增加，渐渐转化成另一种更加强大的力量。当初，那个看到航母满眼冒爱心的小迷妹，现在似乎一下子长大了。这时的她，更爱航母，更爱大海，因为她已经成了大海的"家人"。

很快，宋美燕的工作异常忙碌了起来。航母筹建初期，事情千头万绪，宋美燕一下子被任命了三个职务。而且，女兵上航母没有先例可循，宋美燕一边履行着三个岗位的职责，一边还在协助舰上完成"女舰员生活区管理措施""男女舰员交往行为规范""女舰员交接更规定"等暂行条例编写工作,并撰写了《航母女舰员管理与发展问题研究》论文,填补了战斗舰艇女舰员管理教育的空白。

那段时间,宋美燕说自己就像是上紧了的发条,每一天都在不知疲倦地转动。可是,她享受这样的忙碌与充实,这样的"被需要",这样的"满负荷",都让她深刻地体会着一项伟大事业带给自己的幸福感与成就感。

2014年3月,辽宁舰女舰员队获得"全国三八红旗集体"荣誉称号。宋美燕作为解放军唯一代表,在人民大会堂进行了发言。站在发言席那一刻,宋美燕激动无比,她暗自对自己说:这个海军干得了,还可以干得更漂亮!

(四)

"不知道你有没有那种感觉……"宋美燕欲言又止。

"啥?"战友被宋美燕的话搞糊涂了。

"就是总怕自己做不好。上学的时候,我特别怕学习成绩不好,给爸妈丢人。到部队了,又怕干不好影响咱单位的形象……"这看起来有些"凡尔赛"的想法,确确实实是宋美燕内心的真实写照。她懂得人并不为别人而活,但她更知道,自己的每一步成长都在父母和领导关注的目光里。她,不愿让爱她的人失望。

熟悉宋美燕的人都知道,她是个喜欢不断挑战自己的人。用她自己的话来说,当看到自己努力把别人口中的不可能变成可能甚至是现实时,就是她最有成就感的时刻。于是,从小到大,她几乎时时刻刻都在给自己加压。但也正是在一次又一次的"冲锋"里,宋美燕练出了一颗勇敢的心。

2013年春节过后,宋美燕又一次向新的目标发起了冲锋——成为航母辽宁舰的值更官。值更官,看似简单的三个字里,不仅包含了过硬的专业技术,更包含了对岗位无限的热爱,以及沉甸甸的担当。在那半年里,宋美燕几乎放弃了所有的休息时间,不是在训练,就是在去学习的路上。最终,经过刻苦钻研和大胆实践,宋美燕以优异成绩通过考核,成为了人民海军第一个女值更官,顺利踏上战舰指挥岗位。不仅如此,因为有了这样的机会,宋美燕还参与和见证了航母编队战斗力生成的全过程。

站在战位上眺望远方,宋美燕感慨地说:"我是幸运的!能站在这里,离不开辽宁舰每一个人对我的帮助。当然,我的'幸运'更因为我生在了这样一个好时代!"

2017年底,因为表现优异,组织上将宋美燕调到临沂舰任实习副舰长,接受更多锻炼。看着眼前这位从航母辽宁舰走来的女副长,临沂舰上上下下官兵都露出了佩服的神色。而宋美燕望着眼前这艘有着辉煌成绩的"明星战舰",心里有欣喜,更有压力。

当然,要当好"女管家"绝非易事。宋美燕在临沂舰分管后勤之初,业务不熟就加强学习,人员不熟就带头干活,很快,宋美燕就适应了工作角色,融入了集体。

2018年9月,宋美燕在海军工程大学通过海军舰艇损管指挥高级考核后,迅速转入"生命杯"比武准备。那段时间,宋美燕和战友们像是牢牢把自己绑在了训练场,加班加点。一个月后,宋美燕带队决战武汉,在与多支054A型舰代表队PK中,取得了第二名的好成绩。

　　来不及走上领奖台,宋美燕匆忙进京,作为解放军代表,光荣参加了中国妇女第十二次全国代表大会。时隔4年,宋美燕再次步入人民大会堂,同一个地方不一样的心境,她感慨万千。4年来,她的努力,她的坚韧,她的付出,她的汗水,都融进了她勇毅前行的步伐。她更知道,如今能够再一次走进神圣殿堂,她代表的不仅仅是她自己,更是那些与她风雨同行、并肩战斗的战友们。

◎行驶在碧海中的临沂舰(代宗锋　摄)

回到临沂舰,站在驾驶室的每一刻,宋美燕都很自信:在中国海军挺进深蓝的航迹里,"女汉子"终将百炼成钢,终将为这道航迹增光添彩!

(五)

因为也门撤侨行动中"牵手照"走红的临沂舰女兵郭燕,现在是个"大忙人"。忙着学习专业,忙着帮带新兵,忙着作为优秀的女兵代表为海军发展建言献策。郭燕享受这样的忙碌,"即使有时候忙得觉都睡不够,但也觉得很快乐,很充实"。

郭燕,一个普通的女孩。登上临沂舰、成为一名水兵之前,她从未想过自己的未来会是怎样的。因为这身浪花白,这个平凡的小姑娘的人生开启了不平凡的大幕。

郭燕出生在一个普通的农村家庭。从很小的时候,郭燕就显得和周围的女孩子不太一样——身边的小姑娘都抱着布娃娃过家家,郭燕总是坐在电视机前看《小小飞虎队》《地雷战》《地道战》,还会经常幻想着自己就是那个勇敢机智的主角。

2006年,电视剧《士兵突击》风靡全国,许许多多热血少年也因为这部剧选择走进军营,选择成为许三多那样的好兵。正在读中学的郭燕也是追剧族的一员,坚毅勇猛的七连长,刚中带柔的史今班长,还有男主角——那个看起来有些笨拙,却愿意一直努力、坚守的许三多,都成了郭燕心中的偶像,也勾画出少女心中军人的样子。电视剧中"不抛弃,不放弃"成了那年的流行语,也成了郭燕至今未变的座右铭。

2008年5月12日,汶川大地震。美丽的天府之国遭受重创,天崩地裂,山河鸣咽。唐山大地震,里氏7.8级,专家评估,其破坏力相当于400颗投向广岛的原子弹;汶川大地震,里氏8.0级,不到两分钟,百万同胞的生命被推向生死边缘。这是新中国成立以来破坏性最强、波及范围最大的一次地震。

大灾如大战。全中国乃至全世界再一次将目光投向了中国军队——

震后13分钟,全军应急指挥机制紧急启动;震后10小时,1.2万余名官兵进入灾区展开救援;震后24小时,多支部队从祖国各地同步向灾区开进。与此同时,八百多万吨物资通过公路、铁路、航空投送到灾区;震后40小时内,铁路部门开行25列军用专列。

奥地利的《新闻报》刊登文章称:"世界上没有哪个国家的军队应对灾难的能力像中国军队这样出色。"英国《卫报》也刊登文章,称赞中国军队的出色表现。

正在上高中的郭燕几乎每天都要看看新闻中关于抗震救灾的新闻。新闻画面里,到处都是断壁残垣的景象深深触动着她,郭燕心中冒出一个想法:报名!到汶川当志愿者去!

父母和老师一听,急了:"还有不到一个月就高考了!你一个小姑娘去,能帮啥忙?人家是要照顾你,还是照顾受灾群众?"郭燕没吱声,低着头盯着脚尖,心里又在盘算着别的。

"就一个想法,想为灾区做点啥……"多年后,回忆起少女时代的热血,郭燕坚定地说道。

当志愿者不成,郭燕跑去了当地医院。"医生,我看新闻说血库告急了,我要献血!"医生看着眼前"瘦得跟杆儿似的"的郭燕,摇摇头,劝走了郭燕。走出医院,郭燕轻轻仰起头,看着湛蓝的天空。几天前,千里之外的天空中,13名空降兵在极限条件下盲跳进入震中,冒着生命危险成为打通灾区与外界生命之路的先锋。想到这里,郭燕眼窝一热:"真希望自己是一名军人,这样就可以奔赴前线,帮助那些受灾的人了。"

"我要去当兵!"高考之后,郭燕坚定地跟父母讲出了心里话。父母一阵错愕,他们并没有想到,一直被他们照顾呵护的郭燕竟在这件事上这么有主意。妈妈最先提出了反对意见:"当兵那么苦,你这么瘦,哪儿能吃得了那个苦!"爸爸叹了口气说:"安安心心上个大学,找个工作,踏踏实实生活多好。女孩子当兵,不是好出路啊!"可最终,父母还是拗不过倔强的郭燕,勉强同意了。

对照着入伍体检标准,郭燕又一次犯了难:瘦得连献血都不让,入伍体检能达标吗?为了在年底征兵前达标,郭燕给自己制定了严格"增肥"计划:巧克力、奶油蛋糕、汉堡……这些让天天高喊"减肥"的女生想吃而不敢吃的高热量、高脂肪的食品,每天都出现在郭燕的食谱上。不仅如此,听说征兵时要考体能,郭燕还每天坚持早起跑步。

那年十月,郭燕自己一个人来到县里的人武部,心情激动地填写了入伍申请表。满怀希望,却铩羽而归。郭燕落选了。

参军失败后,郭燕回到学校继续学业。2009年9月,郭燕考入滨州市技术学院。本以为此生便与军营擦肩而过,但是入学才一个月时,郭燕就得到了一个重要消息:大学生征兵。更让郭燕激动

的是,那一年学校有女兵名额。郭燕想都没想,也压根儿没跟父母商量,一溜烟跑到老师办公室,第一个报了名。

这一次,天遂人愿。郭燕办好相关手续,顺利经过初审、体检、政审等一系列审查。离开那天,郭燕胸前戴上了"参军光荣"的大红花,在同学们或羡慕、或诧异的目光中,开启了军旅人生。

(六)

队列场上整齐划一,战术场上挥汗如雨。新兵连的风吹日晒、摸爬滚打让郭燕变黑了,变结实了,也变坚强了。

新兵分配时,有人选择工作环境比较舒适的陆勤单位,但郭燕却有自己的打算。"既然来到海军军营,我觉得如果我不能驾驶雄伟的钢铁战舰,驰骋在辽阔大洋上的话,那我的海军生涯就是不完整的。所以,我选择了北部战区海军。其实,我还有个小小的私心——因为我了解到青岛舰曾进行环球航行,而我也想到远海大洋去闯一闯,多帅!"

然而,真正上了军舰才发现,想象与现实的差距究竟有多大。

郭燕最开始需要适应的,是舰上封闭而狭小的舱室。这是她长这么大,第一次睡在这么"憋屈"的地方,床铺只有半米多宽,"感觉翻个身就要掉下去"。在船舱走廊里跑动、爬上爬下,一个不小心就会磕脑袋。更让她难以适应的是,一到晚上,本以为舰上会和陆地一样"夜深人静",可不承想轰鸣的机器声成了她每晚的"摇篮曲"。

"不适应很正常,我刚来的时候,状况还不如你呢!"班长耐心

第七章 风雨彩虹,铿锵玫瑰

又细心的开导,渐渐化解了郭燕的不适与焦躁。舰上数量有限的女兵们,虽然岗位分工各有不同,但是都编在同一个班,住在同一间宿舍。训练之余,大家总是聚在一起看看书、聊聊天,很快就成了无话不说的好闺蜜。到了晚上不值班的时候,小姐妹们还凑在一起边敷面膜边看剧。周末外出,一起约个火锅、逛逛街,再看看上次选中的裙子降价了没有。临沂舰上融洽的集体氛围,很快让郭燕找到了归属感。就在这感觉渐渐形成的时候,郭燕迎来了第一次出海任务。

那一次出海让郭燕体会到了什么叫"理想很丰满,现实很骨感"。本以为平静而浪漫的大海,在临沂舰出航不久就展现出了另外一面。

"报告舰长,台风已经生成。"听着战友的报告,郭燕更"晕"了。那次,海上风力达到8级,浪高5米,一阵接一阵的浪涌将军舰轻松抛起又重重摔下,海水打得舰体"砰砰"作响。舰外肆虐的狂风、汹涌的海浪,仿佛在郭燕的胃里掀起一阵"海啸"。那天晚上,郭燕辗转反侧,难以入眠,吐了五六次,胆汁都快吐出来了,却什么也吃不下。

躺在床上,郭燕的额头上不停地渗着虚汗,手里的半瓶酸奶也随着郭燕的身体晃晃悠悠,那是她当天唯一吃过的东西。半睡半醒中,郭燕仿佛看到了爸爸妈妈的脸,回想起她决定当兵时父母惊讶的表情,又仿佛看到新兵分配时,战友不解的目光。翻了个身,郭燕揉了揉疼痛的脑袋,抱着酸奶,随着舰艇一起摇摆,就像躺在摇篮里一样沉沉睡去。

第二天早上,郭燕被起床铃叫醒。她揉了揉仍然发胀的太阳穴,迅速穿好衣服,穿过甲板奔向值班战位。

就在郭燕站上战位的瞬间,她看到了令她永生难忘的风景——海面已经恢复了平静,一轮红日正冉冉升起,水天一线间,波光粼粼,朝霞尽染,远处的小岛在薄薄的雾霭中时隐时现,美不胜收。美景印在郭燕的眼里,更印进了她的心里。那一刻,郭燕彻底打消了放弃的念头。

"选择了当兵,就必须不怕吃苦;选择了大海,就必须适应海上生活。困难面前只能勇敢面对。"于是,郭燕从吃饭、学习、值更等最基础的环节开始。一个小时、两个小时,她把自己钉在战位的时间越来越长;一次、两次,她能够完成独立值更的次数越来越多。如今,临沂舰年平均出海超过200天,最多的一年出海315天。郭燕再也不是那个抱着酸奶想要放弃的"菜鸟",正在成长为一只搏击风浪的海燕。

(七)

"滴答滴滴答——"清脆的电报声和一阵阵敲击键盘的声音从临沂舰通信部门的一间舱室传了出来。走近一看,几名年轻的女兵正在忙碌地工作着,其中就有爱笑的郭燕。

来到临沂舰,郭燕被分配至通信部门,成为一名报务兵。"有人看过电视剧《暗算》吗?"班长故意卖了个关子,紧接着,她认真地说:"在剧中,报务员有一个犀利的名字——听风者。我们就是临沂舰乃至整个编队的'听风者',记录着转瞬即逝的摩尔斯电码,我们维持着整艘战舰的信息运转。"

听着班长的介绍,郭燕心中对新的专业岗位充满了期待。在一次又一次演练中,郭燕很快就意识到自己战位的重要性。她和战友们总是最先接到射击命令,也最先获悉"击中目标"的战果。这份成就感让她兴奋,然而,报务训练是严格而枯燥的,每天面对大量的抄码、读码、拍发训练,不到半个月,新鲜感消失殆尽,郭燕感到筋疲力尽。

"算了吧!"放弃的念头又一次在郭燕脑海中闪过。已经累到无力的郭燕一转头,正看到几位老班长一丝不苟地忙碌着,她低下头,想到第一次看到的海上日出,想到当初自己立下的誓言,心里的那股拼劲又一次涌了上来。

此后,郭燕每天早上提前半个小时起床,背记电码、练习五笔打字,晚上熄灯后,她会躲在被窝里继续学习专业理论,周末也会钻到学习室继续学习。练习发报,别人发10页,郭燕就发20页;别人发1000组,郭燕就发2000组。郭燕还有一个纠错本,每次训练结束,她都会从大量电码中逐一分析出难辨音、高频码和易错码,就连不同机器在发拍报调、速度和声音上的细微差别,都要一一分辨,详尽记录。

天道酬勤。郭燕的刻苦训练很快见到了效果,在实战中得到了检验。在一次实战化军事演习中,临沂舰突然接到上级通报"受敌强电磁干扰,你舰通信系统中断"的指令,通信长果断下令:"判断干扰情况,更换工作频率!"郭燕根据部门长的指挥口令,灵活调整电台工作频率,巧妙运用信息战法穿越"电磁迷雾",作战数据再次畅通。

随着一阵清脆的"嘀嗒嘀嗒",临沂舰突破了电磁封锁。

"轰!轰!轰!"前甲板传来一声声闷响,整条战舰也随之震颤。一瞬间,郭燕感到热血在胸中涌动。这是主炮发射的声音,临沂舰打了"敌"舰一个措手不及,最终赢得"战斗"胜利。

2015年,临沂舰奉命参加中俄海上联合演习,这是中俄两国首次在地中海举行联演。任务海区,舰机云集,多国军舰游弋,行动稍有不慎便可能带来不良的国际影响。

为保障舰艇编队行动准确配合默契,畅通的沟通联络必不可少。但是国家间的联合演习,经常受到通信装备兼容性的影响,信息传递较难互联互通。领受任务后,郭燕和战友们加班加点研究协同方案,短波通信、灯光通信……一份份通信作战保障方案被细化、完善、明确。演习期间,中国海军在异国他乡赢得海军同行的高度赞誉,也在国际舞台上展示了大国海军的风采。

(八)

在临沂舰的各个战位上,我们都能捕捉到那些美丽而坚强的身影。她们中,有的人参加过三次大阅兵,有的人在比武赛场上与男兵同台竞技大放光彩,有的人在一次次实战化演练中突破自我挑战自我,有的人在国际舞台上成为中国海军的"代言人"……

这是临沂舰女兵的故事,也是中国海军女舰员的故事。

仔细算起来,中国海军女舰员诞生超过10年。

2012年,湛江某军港,近百名女军人自信满满地踏上战舰舷梯。那时的社交媒体还远没有今日发达，但她们如春风般的笑脸依旧成为各大媒体关注的焦点。很多老百姓并没有意识到这些登上战舰的女兵到底有何特别之处，但如果将目光投向整部新中国历史，就会知道她们走上战舰、走上战斗岗位的深沉内涵。

也正是从那时开始，她们不再是舰上的"过客"，专属战位、专设的生活舱和代表舰员身份的水兵手册，用时下流行的一句话形容：雄伟的战舰上，中国女兵从此拥有姓名。

其实，早在20世纪90年代，就有海军院校的女学员跟随军舰航海实习。2002年，海军首次环球航行任务里，出现了4名女军人的身影。2010年，海军第7批赴亚丁湾、索马里海域护航编队中，14名女兵随舰执行任务；同年，中国海军唯一一艘专业化医疗船"和平方舟"号医院船赴海外执行"和谐使命-2010"人道主义医疗援助任务，女兵成为任务重、当仁不让的主力队员……那时的她们还不是军舰上的"常住人口"，严格意义上不能将她们定义为女舰员。但，她们与战舰既已相遇，未来的图景中便一定会有她们。

放眼世界海军舞台，很多专家学者都将女舰员的出现和发展，视作各国海军现代化的标志之一。究其原因，越来越平等开放的性别观念、自动化程度越来越高的武器装备，成为这一趋势的前提条件。

2012年，首批女舰员正式登上战舰的时候，临沂舰也正式加入人民海军战斗序列。十年光阴似箭，临沂舰成为享誉世界的"明星舰"，也有越来越多像宋美燕、郭燕这样的女性登上军舰，驰骋大洋。在她们清澈的眼神和纯真的笑容中，你会看到闪耀在她们人生航迹中的那一抹壮丽深蓝。

◎临沂舰再起航(代宗锋 摄)

>>> 第八章
十年，再起航

临沂舰——这艘在之前频频登上网络热搜的明星战舰，最近很长一段时间格外沉静。原来，这艘已经服役十年的舰艇在进行厂修，并且将很快完工，开启全新的航程。

2022年，临沂舰已成长为人民海军战斗序列中的"明星舰""新青年"。官兵们驾驭临沂舰驰骋大洋，部队执行联演联训、实弹演习、应急救援、护航撤侨等多样化任务的能力明显提高。

常言道：十年树木。十年，对于临沂舰来说，正当年，新的航程正在开启。

第八章 十年,再起航

最近,临沂舰机电部门主机技师孟凡雨异常忙碌,爱人的电话经常接不到。爱人纳闷:老孟已经许久没有出海,怎么还会这么忙? 每次接到电话,孟凡雨的声音都充满了疲惫。

"你到底在忙啥呢?"爱人忍不住问他。结婚这么多年,爱人早已习惯了孟凡雨的"失联",对于一年到头漂在大海上的孟凡雨来说,这是"常规操作"。

孟凡雨笑笑,轻轻闭上眼睛,脸上露出满意又满足的神情对电话那头的爱人说:"厂修呢! 快了,快了,就快忙完了!"

爱人娇嗔道:"你呀,心里只有你的船! 这修完又该出去了吧?"

孟凡雨轻轻"嗯"了一声。挂断电话,忙碌了一天的孟凡雨很快进入了梦乡。梦里,修缮一新的临沂舰开出船坞,驶向广阔大海。而他自己正张开双臂站在舰艏,享受着海风与浪花带来的久违的畅快。

的确,临沂舰——这艘在之前频频登上网络热搜的明星战舰,最近很长一段时间格外沉静。原来,这艘已经服役十年的舰艇在进行厂修,并且将很快完工,开启全新的航程。

2012年底,临沂舰加入战斗序列。全舰官兵自此与党和人民的命运紧密相连,与时代强劲脉搏同频共振,汲取时代的营养,亲历并见证着这个时代的历史辉煌。

2022年,临沂舰已成长为人民海军战斗序列中的"明星舰""新青年"。官兵们驾驭临沂舰驰骋大洋,部队执行联演联训、实弹演习、应急救援、护航撤侨等多样化任务的能力明显提高。

◎中国海军航母编队航行在南海海域(胡善敏 摄)

常言道:十年树木。十年,对于临沂舰来说,正当年,新的航程正在开启。

(一)

月夜,战舰划过波光粼粼的海面,全速前行。

甲板下,机电舱内,海军临沂舰主机技师孟凡雨和往常一样,

第八章 十年,再起航

从容坚守在自己的战位上。

此刻,那熟悉的机电设备轰鸣声,回荡在他耳畔,宛如一曲雄壮的交响乐,刺激着他身体的每一处神经末梢,让他处于一种亢奋状态。

此刻,这常人难以忍受的噪声,对孟凡雨——这名机电老兵来说,是世界上最美妙的声音之一。因为,这轰鸣声是驱动雄伟战舰的澎湃动力,是孟凡雨和自己心爱战舰进行交流的"语言"。

2012年,是孟凡雨当机电兵第24年。在大海航行时,他的世界很小——斗室之内,看不到太阳,看不到星空,陪伴他的,只有滚烫的机器和回荡耳畔的铿锵之音。

可他的世界,其实又很大——跟随着海军发展的脚步,他从东北稻田走向广阔大海,从数百吨的小艇走上几千吨的战舰,从在"黄水"里打转转到如今走遍全球26个国家,航程十多万海里,连起来可以绕地球好多圈。

已届不惑之年的孟凡雨有时会望着世界地图出神,那一个个被他标记上红色五角星的地方,勾勒着他的人生轨迹,也构成了他的人生坐标。孟凡雨在他的"小"世界里,与他的战友、与他的装备一起,劈波斩浪,助推着中国战舰走向深蓝,走向更"大"的世界。

直到现在,孟凡雨仍时常想起那场在异国他乡的短暂相遇。

那天交班后,孟凡雨快步回到住舱。此时,临沂舰的各个住舱里已坐满了人,大家操着带有不同口音的普通话热切地交谈着,并以好奇而崇敬的目光打量着周围的一切。见到身着迷彩的孟凡雨,大家笑着向他点头致意。来自陌生人的友好问候,让孟凡雨心

里"热乎乎的"。

孟凡雨拉开储物柜，找出昨天从饭堂带回的苹果，用手仔细擦了擦，向另一个舱室走去。

还没进屋，一句地道的东北话就飘了出来。孟凡雨微微探身去看，那个说着东北话的中年男人正向周围人介绍自己。

"兄弟，东北的不？"孟凡雨笑呵呵地问。

"嗯呢！老乡啊！我哈尔滨的！"中年男人热情地迎了上来。

孟凡雨一边把已经有点皱皮的苹果递给他，一边有些不好意思地说："来，回家了！吃个苹果，平平安安！就是这苹果存放太久，不太好看了。船本来要去补给的，任务太突然了。不过，味道杠杠的！"几句东北话，把舱室里的气氛带了起来。

就在几个小时前，孟凡雨的这位东北老乡被海军官兵从也门战火中带上了祖国的军舰。再往前推几个小时，正在执行第19批亚丁湾护航任务的临沂舰、潍坊舰和微山湖舰接到撤侨命令，调转航向，下达一级战斗部署命令，全速航行，接同胞回家。

一气呵成，没有一刻耽误。

也门撤侨，至今让人难以忘怀——

那一次，留在许多人记忆中的，是亚丁港一浪高过一浪的"祖国万岁"，是女兵郭燕牵着小女孩的手自信走来的温暖笑容，是时隔3年上映的热血电影《红海行动》。

那一次，留在孟凡雨记忆里的，是深夜时分响起的战斗警报，是靠港依旧不停转的装备轰鸣，是每一个值班电话响起后他回答的"动力没问题"，是看到同胞安全登舰后有说有笑的欣慰。

很多人将也门撤侨当作临沂舰的"高光时刻",临沂舰也在撤侨行动中成为海军战舰中的"明星舰"。但对于孟凡雨和临沂舰上的每一名官兵来说,他们并不期待拥有这样的"高光时刻",因为这意味着同胞正处于危险之中。

孟凡雨也从未想过,当初只想"上一条大船,闯一次大洋"的自己,竟会有这样的经历。而他的生命航迹远不止于此,随着中国海军战舰航迹的延伸,他还看到了世界的另一面。

2013年,孟凡雨随海军盐城舰执行第11批亚丁湾护航任务。途中,护航编队接到上级命令,为销毁叙利亚化学武器提供海上护航。正靠泊在塞浦路斯利马索尔港的盐城舰需要连夜奔赴任务海区。海运护航任务的号令在那一天凌晨下达,如墨夜色中,盐城舰安全离港,并在4小时后抵达叙利亚领海外集结点。

叙化武首批护航任务顺利完成,孟凡雨却陷入了沉思:"从没想过,从黑土地走出来的我,会以这样的方式看世界。"那是孟凡雨第一次亲眼看到现实中被战火摧毁的城市,他第一次觉得战争离自己如此之近。

就在完成也门撤侨任务的几个月后,一张叙利亚难民儿童陈尸海滩的照片刷爆全球互联网。望着照片中逝去的小小生命,孟凡雨哽咽了。

那一晚,叙利亚战火中的断壁残垣、也门撤侨时同胞的激动泪水交织在孟凡雨的梦境中。猛然醒来,孟凡雨用手搓搓脸,穿上衣服来到主机舱室。听着熟悉的"装备交响曲",孟凡雨的心神逐渐安定。拍拍正在高速运转的主机,孟凡雨又一次感受到肩头责任

之重。

"只有真正经历了战火,才知道和平到底有多么可贵。"电话里,孟凡雨的声音混合着轻柔的海风传来,"我很庆幸,我只是看到战火,而没有实际经历。不过,如果有一天真的需要,我们也会像撤侨那天一样,把祖国紧紧护在身后!"

(二)

晚饭过后,临沂舰"龙骨讲坛"又一次开讲了。这是临沂舰党委班子在舰上开展的特色活动,官兵讲自己的故事、身边的故事,以此激励人、鼓舞人,让每个人都成为临沂舰坚实的"龙骨"。

这天的主讲人,是孟凡雨。

在临沂舰许多年轻官兵眼中,孟凡雨的人生经历就像是励志的"鸡汤文"——中学毕业参军入伍,从小艇走上军舰,成为一名二级军士长。

孟凡雨并不觉得自己有何特别之处,他只觉得自己一路走来无比幸运。沉思片刻,他以十分郑重的语气告诉记者:"从小艇到大舰,我和人民海军一起成长。这可能就是我甚至是我们这一代海军的特别之处。"

"年轻的水兵,头枕着波涛……"1998年,听着《军港之夜》,孟凡雨走进军营。帅气的水兵服,阵阵的波涛声,让年轻的孟凡雨对大海充满了向往。可很快,孟凡雨的向往就"被大海狠狠拍在了沙滩上"——

新兵海训，孟凡雨自告奋勇游最长距离。宁静的海面在孟凡雨一个猛子扎下去后变得凶猛，暗流和黑暗让孟凡雨心慌不已。新训结束，孟凡雨登上登陆艇，从旅顺航渡至青岛。被大家视若珍宝的面包火腿肠，在出发后半小时全都吐了个干干净净，一股难闻的气味在艇里散也散不开。那一刻，孟凡雨"恨不得跳进大海"。

"大海真是给我上了一课。"孟凡雨说。而真正的考验，从孟凡雨被分到一艘仅100多吨的运输艇才开始。

停泊在码头上的运输艇随着海浪起起伏伏，与旁边的军舰相比，渺小得宛若一枚被冲上沙滩的贝壳，能随军舰出海的战友更是让他羡慕不已。巨大的心理落差让孟凡雨失眠了。

"年轻的水兵，头枕着波涛……可这么大的差距，睡梦里哪能露出甜美的微笑啊？"回想起多年前的事，孟凡雨自嘲道，"但转念一想，干啥都是干，干好也是一天，干不好也是一天。咱既然来了，就得对得起父母，对得起部队。"

孟凡雨就这样正式开启了军旅人生。转机出现在2002年。那一年，从军校学成归来的孟凡雨从运输艇调到了拖船。

100多吨到500多吨，这是排水量的提升，也是孟凡雨越过的第一个人生山丘——整整8年，孟凡雨航行在一条鲜为人知的航线上。在那艘并不大的拖船上，孟凡雨接送过上千吨的军舰，也帮助过上万吨的货轮，业务越干越熟，越干越好。

"白日不到处，青春恰自来。苔花如米小，也学牡丹开。"孟凡

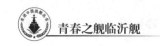

雨用袁牧的《苔》概括过往的经历。在他将这份职业当成一份事业热爱并经营时,他人生的"牡丹"绽放了。

2012年7月28日,孟凡雨正式加入海军烟台舰编制序列。接下来的日子里,随盐城舰护航、随临沂舰撤侨,闯大洋,看世界,那个早已被他深藏在心底的梦想,实现了。

孟凡雨喜欢看网上关于海军的一切内容,尤其喜欢网友用"下饺子"来形容战舰入列。

2018年4月,临沂舰作为航母编队中的一员,在南海海域参加阅兵。随后,编队奔赴巴士海峡以东,开展"跨海区""出岛链"实战化训练。孟凡雨站在他的战位上,见证并亲历了这场海面、空中、水下立体多维的联合演练。

"我之所以成为现在的我,是因为赶上了中国海军发展的好时代。"孟凡雨说。

"那您现在还晕船吗?"笔者问。

"晕!"孟凡雨没有丝毫犹豫,"不过我有克服晕船的诀窍,就是心脏不随浪涌动。只要把全部精力放在岗位上,就能减轻晕船不适,直到成为习惯。再说,有那么多年轻人看着你呢!我也是这么看着我的班长一步步成长起来的。"

已故历史地理学巨擘侯仁之曾说过,一个青年能在他30岁之前抓住他值得献身的事业,这是他一生最大的幸福。

站在临沂舰的后甲板吹着海风,孟凡雨觉得,真幸福。

◎导弹护卫舰伴随航母辽宁舰左右(代宗锋 摄)

（三）

网上曾有一篇名为《如果解放军也发"旅行地图"》的推文，一位海军战士发出一张世界地图，在上面大大地打了三个字：全去过，并配文：借我人民海军的光，除了底下白色的那个洲，全去过。

孟凡雨将这张很是"凡尔赛"的图保存下来，笑呵呵地说："我和这位战友差不多！"

在临沂舰主通道里,有一面镶满纪念牌的墙壁。纪念牌是临沂舰出访交流和参加多国海上联演时,各国海军赠送的纪念品,官兵们称这面墙为"友谊之角"。这里,也是孟凡雨的儿子和女儿每次上舰看爸爸时最爱去的地方。

"现在,13岁的儿子已经像个小老师一样,能给4岁的妹妹讲出好些纪念牌的来历。"孟凡雨颇为骄傲地说。

不仅在舰上,回到家里,孟凡雨也总是带着一双儿女站在世界地图前,给他们讲他到过的地方、见过的风景,以及他和战友们的故事。

"以前不知道这些地方在哪里,总觉得世界广阔无边。现在不仅知道、去过这些地方,还了解那里的风土人情,就觉得整个世界都可以浓缩在一张海图里。"孟凡雨说。

在孟凡雨见过的无数美丽风景中,最让他无法忘怀的,是出访别国时,早早等在码头的中国同胞,他们挥舞着国旗,高唱着《歌唱祖国》,每一个音符都充满力量;最让他热泪盈眶的,是那些年事已高却仍坚持登上这一方"流动的国土"的华侨老人,他们总是眼含热泪轻抚甲板,就像轻抚故土般赤诚。

在孟凡雨的记忆相册里,还珍藏着这样的画面——

沃野千里的黑土地,一对中年夫妻一路小跑来到村里唯一一所小学校。

"叔、婶儿,来信了?"一名老师见到夫妻俩,笑着问。

中年妇女点点头,脸上洋溢着幸福的笑容。

"爹,妈,你们好!儿子现在在青岛给你们写信……"老师一字一句读着信上的内容。读完,老师将信件递给他们。中年妇女接过信纸,用手轻轻抚摸,仿佛抚摸着儿子的脸庞。

"老师,我和他爹识字不多,还是得麻烦你帮我们回个信。你看看说点啥好呢?"

老师思考片刻,说:"就让他在部队好好干,党让干啥就干啥!"

这如电影般的情节,真实发生在孟凡雨身上。那年休假回家,带过他的这位小学语文老师讲述了这个细节。这个场景深深印刻进孟凡雨的脑海,那封家书也一直被他珍藏在工作笔记本里。

那年,孟凡雨随临沂舰访问克罗地亚。外出时,孟凡雨选了一张印有克罗地亚自然风光的明信片寄给东北老家的父母。或许父母并不知道克罗地亚到底在地球的哪里,可孟凡雨想让父母知道无论自己在哪里,心里都记挂着家,一如多年来,父母也记挂着他一样。

"脚步走得越远,心离家越近。"孟凡雨感慨道。

每一次出访,孟凡雨总能真真切切地感受到何为"国",何为"家"。

"这就是来自五星红旗的强大凝聚力,让人无论走到哪里都可以骄傲地挺直腰杆,让人无论遇到多大困难,都知道国家在背后为咱撑腰。"孟凡雨激动地说。

和孟凡雨一样,我们总是通过或直接或间接的方式感受着国与家的关系,体会着"国家"这个普通却又宏大的词汇的含义。当我们把目光聚焦到孟凡雨这样的普通人物的"工笔画"时,往往可以看到关于国家的"大写意"。

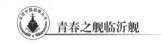

孟凡雨用"没什么大的志向"形容最初的自己。但现在,他知道:"无论是小艇还是大舰,祖国发展的方向就是舰艇的航向,舰艇的航向就是自己的方向。"

(四)

海明威曾说:优于别人并不高贵,真正的高贵是优于过去的自己。

和孟凡雨一样,许许多多临沂舰的官兵都在十年这个特殊时间点,回忆起自己在临沂舰上的点点滴滴。那些故事或紧张或热血或平淡,但所有一切的故事都有一个母题:爱与成长,"我"和临沂舰的爱与成长。

临沂舰帆缆兵杨明强一直记得在他的军旅生涯中对他影响最大的人,他的第一位区队长——彭均。在杨明强眼中,这个来自四川的小个子队长身体内好像"蕴含着巨大的力量",为刚刚从士官学校毕业归来的杨明强树立了榜样。

2013年,舰队进行统一的装备检查,对临沂舰官兵来说"目标很明确,就是要取得第一名"。任务下达后,帆缆区队立刻组织人员认真分析态势、梳理工程、确定分工,时间紧,任务重,这让杨明强一时间有些不知所措,更害怕因为自己的失误给整个区队乃至整艘临沂舰丢了分。

但这个时候,杨明强却发现彭均很淡定,做起事来不慌不忙、井井有条。最让杨明强佩服的是,无论是检查一颗小小螺丝钉,还是保养整条战舰,彭均每次都是第一个到场,最后一个离开。检查进入倒计时的那几天,彭均更是像不知疲倦一样,把装备过了一遍又一遍。最终,临沂舰在装备检查中取得了水面舰艇第一名的好成绩。

杨明强趁着一天晚饭散步,三两步跟上彭均,小心翼翼地问:"队长,你咋那么拼呢?"

彭均看看杨明强,反问道:"你觉得这检查对我们来说究竟意味着啥?"

"当然是争第一呀!"杨明强马上回答道。

彭均用"椒盐"普通话语重心长地告诉杨明强:"你要记住,争第一只是表层的。我们之所以要这么拼,那是因为这些装备也是我们的战友,真的发生战争,你能自己跳海里跟人家打吗?"

杨明强记住了彭均的话,保护装备就是保护战友,也成了他的做事准则。

2014年底,彭均迎来军旅生涯的最后时刻。那时候,临沂舰正在积极准备护航任务。让杨明强意外的是,即将离开的彭均明知自己不能参加护航,还是坚守在岗位上,与战友们并肩作战,一直工作到临沂舰汽笛声长鸣,离开码头,撤回舷梯。

码头上的一幕让杨明强泪目了——他看到已经脱下军装的彭均走下舷梯后,为他心爱的临沂舰最后一次解缆。望着驶向大洋的战友,彭均一边微笑着挥手,一边红了眼眶。而站在船舷上的杨明强,泪水早已模糊了双眼。他在内心暗暗与这位可敬可爱的老兵道别:"队长!再见!我会永远记住你的话,努力到无能为力。

我会加油,你放心!"

(五)

晚饭过后,临沂舰教导员徐博文回到住舱,打开电脑,继续翻看舰员们写的小文章。这段时间,徐博文和孟凡雨一样忙碌。孟凡雨忙着看装备查细节,徐博文要忙的则是摸清楚舰上官兵都在想些啥,以及他想为临沂舰入列十周年早做准备。

徐博文也是临沂舰上的"老人",军校毕业,他来到这艘明星舰,中间兜兜转转几回,最后又回到了这个"家"。他对临沂舰感情深厚,每次看舰员们写下的心声,总会让他心潮澎湃、思绪万千。在那些朴实的语言里,是每一名舰员对临沂舰最真挚的情感。只要让徐博文讲讲临沂舰上的人和事,他的话匣子便会彻底打开。而在那么多故事里,他最先会讲的并非撤侨,也不是受阅,而是战士们第一次写"遗书"。

那是临沂舰执行的一次特殊任务。出发之前,就连临沂舰上的舰员自己都不知道要去哪、干什么、去多久。直到军舰离开码头许久,舰上的扩音器中传来了舰领导的声音,那一刻,所有人恍然大悟。

临沂舰对海部门主炮弹药兵于洋后来回想当时听完广播的心情,说道:"一下子感觉很紧张,感觉战争随时都可能来临!"经常出海的他们,其实早已经习惯了没有手机的生活,可是这一次连海事卫星电话都停用了,这让于洋意识到任务的重要性。

没过多久，舰上每个支部发给每人一张信纸，让大家写"遗书"。一瞬间，于洋有点不敢相信自己的耳朵："遗书？"虽然来到部队后，看过听过流血牺牲的故事，他也自己想过如果有一天自己倒下会是怎样的情形，但此刻，他的大脑就像眼前的这张纸一样，一片空白。

学习室内，于洋转过头看了看周围的战友，发现周围早就一片安静，战友的表情也都显得无比沉重。于洋紧紧抓着笔，在白纸上晃了几下，却不知如何动笔。过了许久，于洋郑重地在纸上写下两个字"遗书"，然后草草写了两句对家人的歉意，便再也写不下去了。

反潜部门水声对抗兵高继博和于洋情况差不多，咬着嘴唇写下了"爸爸妈妈不要惦记我，祝你们身体健康"后，眼睛就红了。抹了一把脸，高继博又把自己的银行卡密码写在了下面。

"遗书"被收了上去。徐博文一边走一边翻看着大家的"遗书"，看着看着他的眼圈也红了。在那些寥寥数语的"遗书"里，既表达了舰员们对亲人的思念与不舍，也告诉亲人"好好生活，不要惦记我"；既表达了他们对祖国的忠诚与热爱，也告诉祖国"希望祖国母亲能一直记得有这样一个小小水兵"……

时任临沂舰政委赵井冬并没有跟大家说明这样的举动到底是为了什么，可是他非常肯定地知道，大家一定清楚舰党委这么做是为了什么。

"'以青春之我，创建青春之家庭，青春之国家，青春之民族……'这是革命先驱李大钊100多年前写下的《青春》。一个世纪过去了,临沂舰上的年轻水兵们正在'以青春之我'塑造着'青春之临沂舰''青春之中国海军'!"那一天,赵井冬连夜看完了所有人的"遗书"后在日记本上写道。

(六)

对临沂舰炊事兵罗纪港来说,临沂舰是"甜甜的"。

2015年,17岁的罗纪港还未褪去学生的青涩,怀揣着从小到大的军营梦应征入伍。离开家的那天,胸前戴着大红花,罗纪港神气极了。他觉得,自己当英雄的梦想就要实现了。

新兵训练结束,罗纪港成了一名舰艇兵。那时的他并不知道自己会被分到哪条舰上,但透过大巴车玻璃,看到军港停泊的一艘艘银色战舰,他觉得无论去哪条舰,无论让干啥,他都满足了。

"我国派出海军临沂舰赴也门撤侨……"新闻里,正在播出临沂舰执行也门撤侨任务。罗纪港看呆了:"这也太帅了!这不就是英雄吗!"一个月后,在也门撤侨中立下汗马功劳的临沂舰凯旋,接舰的队伍中除了舰队领导、舰员家属,还有拖着行李等待上舰的罗纪港。

站在码头上,罗纪港被眼前这艘缓缓靠过来的巨大军舰深深震撼。人群爆发出热烈的欢呼,耳边不断飘来一个又一个名字,罗纪港不认识他们,但还是用心地想要把他听到的每一个名字记下来,因为他知道,这些都是他未来的战友。

迎接的人群散去,罗纪港拖着行李走上舷梯。还没走两步,几位班长"噔噔"地跑下来,帮他拿行李,笑意盈盈地迎他上了临沂舰。舰领导们也站在飞行甲板上,笑着向他投来和善的目光。

"小伙子,欢迎你!"时任舰长高克亲切地问候道。

罗纪港被眼前的景象感染了,仿佛自己并不是第一次走上临沂舰,更像是一个远行的孩子回到家般亲切,前几天的孤寂和失落也一扫而空。

就在临沂舰返航途中,等候在岸上的罗纪港在代管单位独自度过了18岁生日。那一天,其实罗纪港期待了很久,这是属于他的成人礼。可是,周围的一切都是陌生的,没有蛋糕,没有祝福,甚至连一个可以一起分享生活点滴的朋友都没有,罗纪港孤独极了。

望着窗外军港码头的点点星火,罗纪港心头涌上阵阵辛酸,一直到深夜,"脑袋里都是空空的"。12点钟声敲响,罗纪港翻开日记本,借着走廊上的微光,在本子上画了一个只有他可以看得懂的生日蛋糕,对着日记本轻轻吹气,就像是吹灭许愿的蜡烛,然后第一次许下了一个与自己无关的愿望——"愿爸爸妈妈健康平安"。

来到临沂舰,根据工作安排,罗纪港被调入军需部门,成了一名炊事员。到岗的第一天,班长就告诉他:"手里的大勺就是你的钢枪!战友们能不能打胜仗全靠我们保障,炊事员也是战斗员!"从那天起,在家里方便面都不会煮的罗纪港的人生轨迹彻底改变。"一下子成为要保障全舰人伙食的炊事员,这是我以前想都不敢想的事情。"

初来乍到,在家连厨房都很少进的罗纪港,被像铁锹一样的大锅铲和两口浴缸般的大铁锅惊呆了。刚开始学炒菜的时候,罗纪港"自以为天生神力",可一天下来却狼狈不堪,两条胳膊酸痛无力,就像两根软面条似的挂在身上。就在全舰进入休息状态时,他还要跟着班长清理厨房,准备第二天的早餐食材。躺在床上的那一刻,痛感和困意同时袭来。那一晚,枕着自己的眼泪,罗纪港进入梦乡。

早上5点,罗纪港被班长摇醒。新的一天,又开始了。在氤氲的水汽里,罗纪港看见班长正端着一大盆水饺穿梭在战友间。他两条胳膊上的肌肉鼓了起来,转身的同时向灶台滑了一小步,上身向锅沿儿一倾,一个个水饺顺势滑进锅里。另一位班长伴着灶台的声响大声告诉罗纪港:"如何保证第一铲子翻动锅里的菜,在第二铲下去时仍然有那么多,是个有难度的技术活。"那天起,罗纪港知道了在军舰上做饭,不是件容易事。

渐渐地,罗纪港学会了西红柿炒鸡蛋,学会了酸辣土豆丝。后来,他又学会了川菜和鲁菜。

罗纪港进入炊事班的第二年,临沂舰面点师史班长即将退伍,他把保障舰上生日会的重任交给了罗纪港。在此之前,罗纪港已经参加了几次集体生日会,那时候他才知道,原来生日即使没有家人的陪伴也可以如此热闹,如此愉快。战友们会提前编排好简单的小节目,炊事班会提前准备好超大号生日蛋糕和热气腾腾的长寿面,那是一种温馨的、像家一样的感觉。

接过老班长的担子,罗纪港一点不敢怠慢。第一次由他做生日保障时,罗纪港紧张得几天没睡好。那几天,他又是画草图,又是上百度查配方、画模型。终于,功夫不负有心人,那次的生日蛋糕得到了战友们的一致好评。后来,他又做了一次、两次、三次……直到他自己也不记得为过生日的战友做过多少个蛋糕,但每当看到戴着寿星帽的战友露出开心的笑容时,罗纪港的心头便涌出无限的满足感和幸福感。

每每这时,他总会想起自己那个孤单的18岁生日,想起那个画在日记本上的生日蛋糕,想到因为有他和炊事班战友的存在,临沂舰上的战友再也不用经历那样的遗憾与孤单,罗纪港感觉成就感爆棚。

心爱的临沂舰将迎来新的生日,罗纪港早已盘算起来,到底要做一个什么样的蛋糕才能配得上他心里这艘英雄的军舰。

◎辽宁舰编队（胡善敏 摄）

>>> 尾声
从临沂舰触摸海军战斗力快速成长脉动

在临沂舰的后甲板,冯飞问"师傅"周诗勇:"我用一年走完了你过去十年走的路,班长有啥感受?"

周诗勇依旧憨憨一笑:"我很高兴,我想我的班长会更高兴!"

人民海军力量在过去十年的成长速度,让人为之惊叹。当我们走进这些光辉成就的背后,我们看到的是一个个艰苦奋斗的海军官兵。他们身上传承和发扬的中国精神,正是"人民海军心向党,舰行万里不迷航"的真正内核。

透过驾驶室的舷窗望出去,涌浪一次次扑向临沂舰,又一次次被利剑一样的舰艏劈裂。航海部门操舵兵冯飞稳操舵柄,精准驾驭脚下的战舰,俨然一个老舵手。

这是冯飞登舰以来第5次独立值更。而航海部门操舵班长、冯飞的"师父"周诗勇回忆自己登舰3个月时的情景,憨憨一笑:"我登舰3个月的时候,还在跟班长练习复述口令,脑子里一遍遍想着遭遇大风浪时,怎么才能克服晕船。"

再往前追溯,周诗勇的班长是在登舰5个月后,才第一次随舰出远海。

独立值更意味着获得了岗位"通行证"。在操舵兵的岗位,各专业科目必须达到90分以上,才能获得独立值更资格。在临沂舰,操舵兵、情电兵、机电兵等获得独立值更资格的周期,相比3年前平均缩短1个月。

入列后,临沂舰出色完成联演联训、实弹演习、应急救援、护航撤侨等多样化任务,配属航母编队训练,圆满完成编队演习作战、出岛链远航等重大演训任务。亲历了编队战斗力生成的全过程,舰员们的自信心、自豪感显著增强。临沂舰常态化参与亚丁湾护航行动,并在2015年"也门撤侨"任务中直面生死考验,出色完成撤侨任务,提升了中国海军的国际形象。10年多来,临沂舰把任务当作机遇,把使命当作荣誉,征战五大洲,挥戈三大洋,航行20余万海里,锤炼了本领,打造了"品牌"。

临沂舰实战化训练水平的不断攀升,又折射出近年来海军战斗力的快速成长。

翻阅近年来有关人民海军的新闻报道，不难发现，战斗力加速成长的脉动无处不在。

2021年4月23日，在人民海军建军72周年的当天，三艘主力舰艇——最新型战略核潜艇长征18号艇、055型大型驱逐舰三号舰大连舰和075型两栖攻击舰首舰海南舰，在海南三亚某军港集中交接入列。短短的新闻，迅速引爆网络。有网友评论："第一次看《新闻联播》看得想哭。"也有网友开玩笑似的留言："开个入列仪式直播吧！我们刷刷'火箭'，很快就又能看到这样的盛况了！"

不仅仅是这三艘舰艇，2021年，人民海军先后入列了6艘052D型驱逐舰，即123"淮南"舰、124"开封"舰、132"苏州"舰、162"南宁"舰、164"桂林"舰和165"湛江"舰。

有评论称，9艘大型防空驱逐舰的接装，创造了中国海军历史上驱逐舰这型主战舰艇服役的最高纪录，是极为罕见的现象，意味着中国海军在新时期加快了新型主战装备的研制和服役速度。

新型战舰陆续试验试航和交接入列，不仅代表着人民海军装备的更新换代，也预示着海军战斗力的加速成长。

2017年1月22日，海军西宁舰入列。仅半年后，西宁舰官兵就在某大型活动中，成功执行了多枚导弹发射任务，并精准击中目标。在过去1年多的各项演训任务中，西宁舰主炮已经打出了数百发炮弹。对比自己过去在某型老式战舰上服役的经历，西宁舰主炮班长孙剑自豪地告诉记者，"西宁舰入列1年就打了过去老舰多

尾声 从临沂舰触摸海军战斗力快速成长脉动

年才能打完的弹药量"。

在远海大洋,人民海军的更多舰艇正在抓紧练兵备战,在战斗力加速形成的航迹上早已是"千帆竞逐"。

2012年9月25日,辽宁舰入列,让中华民族实现了百年航母梦。辽宁舰入列仅2个月,试飞员戴明盟就驾驶歼-15舰载战斗机,在航母甲板实现了惊天一落。几乎是同一时期,海军临沂舰正式入列。

2016年12月24日,海军新闻发言人宣布,辽宁舰编队赴西太平洋海域开展远海训练。这是辽宁舰首次出远海训练。2018年,媒体正式对外披露"歼-15舰载战斗机已具备昼夜起降和综合攻防能力"。这标志着我海军航母编队初步形成体系作战能力。

辽宁舰创造了航母战斗力建设的中国速度,也折射出人民海军战斗力的快速成长。

2018年4月,临沂舰作为航母编队中的一员,在南海海域参加阅兵。随后,编队奔赴巴士海峡以东,开展"跨海区""出岛链"实战化训练。操舵兵冯飞和周诗勇在驾驶室一同见证了这场海面、空中、水下立体多维的联合演练。

在临沂舰的后甲板,冯飞问"师傅"周诗勇:"我用一年走完了你过去十年走的路,班长有啥感受?"

周诗勇依旧憨憨一笑:"我很高兴,我想我的班长会更高兴!"

2024,辽宁舰,入列十二年;

2024,临沂舰,入列十二年。

人民海军力量在过去十二年的成长速度,让人为之惊叹。当我们走进这些光辉成就的背后,我们看到的是一个个艰苦奋斗的海军官兵。他们身上传承和发扬的中国精神,正是"人民海军心向党,舰行万里不迷航"的真正内核。

◎中国海军航母编队驶向深蓝(胡善敏　摄)